저, 연애
안 하겠습니다

최이로 에세이

차례

제1막. 헤어짐의 언어는 다를지라도

제2막. 마주 보고 손을 매만져주세요

제3막. 어떤 이들의 사랑

prologue

   그동안 저는 연애를 쉬지 않고 하는 사람이었습니다. 고등학생 때부터 거의 13년 동안 연애를 했는데, 그 중에서 솔로로 지낸 기간은 1년이 채 되지 않을 것입니다. 감사하게도, 혹은 불행하게도 연애가 끝나면 금방 다른 사랑이 찾아왔습니다. 그리고 그런 그에게 호감만 있다면 쉽게 연애를 하고는 했습니다. 100명의 사람이 있다면 100가지의 연애가 존재한다는 말이 있듯, 저의 연애도 각각 조금씩 다른 모양을 하고 있었습니다. 그래도 대부분의 연애는 꽤 길었습니다. 어떤 사람과는 거의 매일 보며 찰떡같이 붙어있었고, 어떤 사람과는 보름에 한 번 보는 정도의 미적지근한 연애를 하기도 했죠. 반절은 평범한 사랑이었고, 반절은 그렇지 못했던 것 같습니다. 그렇게 한참을 사랑하고 이별하기를 반복하고 나서야 어느덧 제 감정이 꽤 소모됨을 느꼈습니다. 홀로는 못 지내던 나였는데, 연애를 하면서도 외로움에 사무치던 나였는데. 이상했습니다. 저는 더 이상 연애가 하고 싶지 않았습니다.

첫 번째 이유는 바로 상실의 슬픔 때문이었습니다. 저는 제 인생에서 누군가를 잃는 경험을 더는 하고 싶지 않았거든요. 어쩌면 이 사람과 연애하지 않았더라면, 그냥 친구로 지냈더라면 잃을 일도 없었을 테니까요. 연애의 끝은 사실 단순합니다. 결혼 아니면 이별, 백년해로 행복하게 살거나 이별하고 또 다른 사랑을 찾아 헤매거나. 저는 또다시 이별을 겪고 싶지 않았습니다. 그래서 매번 연애를 할 때면 진심을 다했죠. 열과

성을 다했습니다. 그러나 결혼은 현실이었습니다. 어른이 되어 가는 과정 안에서 가장 어려운 관문이자 과제. 결혼이라는 높은 벽에 비해 이별은 제게 너무 쉽게 다가오는 시련이었죠. 그 시련은 꽤나 아파서, 저는 이별을 할 때면 참 사무치게 울었던 것 같습니다.

하지만 연애에서 벗어나니 그제야 주어진 것들에 행복함을 느끼기 시작했습니다. 나만의 시간 없이 지친 심신을 달래며 무작정 데이트하지 않아도 되고, 데이트 비용을 생각하며 내가 갖고 싶은 것들을 내려놓지 않아도 되고, 연애하는 동안에는 돌보지 못했던 소중한 지인들을 만날 수 있었죠. 돌이켜보니 그동안 '나'라는 사람에 대해 생각할 시간이 없었습니다. 아니, 여유가 없던 거죠. 제게 언제나 1순위는 사랑하는 상대였고, 모든 시간을 '상대와 함께'해야 만족했으니까요. 언제나 상대에게 제가 '잘 맞는 사람'이어야 했습니다. 어느새 강박관념으로 자리 잡은 저의 연애 방식은 제가 누군지 알 수 없게 했고, 상대가 바뀔 때마다 저 역시 매번 다른 사람이 되어야만 했습니다.

그러니 혼자가 되어서야 오히려 건강해진 저 자신을 발견할 수 있었던 것입니다. 더 이상 감정을 소모하느라 힘을 다 쏟지 않아도 되고, 자신에 대해 알아가는 날들이 즐거웠습니다. 제게 드디어 마음의 여유가 생기기 시작한 거죠. 결혼을 생각해야 하는 나이였지만 두렵지 않았습니다. 제가 두려워했던 건 외로움이 아니라 사실 홀로서기 할 수 없는 나약한 저 자신이었기 때문입니다.

혼자 지내다 보니 깨달았습니다. 저는 혼자서도 할 수 있는 게 참 많은 사람이라는 걸. 혼자 사람 많은 영화관과 맛집을 가는 것은 기본이고, 높은 곳의 전구도 갈 수 있으며 화장실 문고리를 교체하는 방법도 터득했습니다. 면허 없는 저 대신 운전해 줄 남자는 없어도 대중교통과 지도 어플로 먼 곳까지 여행도 갈 수 있었죠. 그 또한 두렵지 않았습니다. 대신해 줄 사람이 있으니 홀로 해보지 않았던 것뿐이었죠. 그동안 저는 그저 연애라는 울타리 안에서 어리광만 부리는 사람이었습니다. 작은 일에도 항상 누군가에게 의지하는 습관이 있었죠. 그러나 이제 저는 혼자서도 뭐든 척척 해낼 수 있습니다.

그러니 이제 잠시 연애를 멈추려 합니다. 남을 사랑하는 일은 멈추고 나를 사랑해보려 합니다. 제 마음속 1순위를 상대가 아닌 저로 두려고 합니다. 어쩌면 그건 외로운 일일지도 모릅니다. 그러나 저는 이제 저를 좀 더 알아가고 싶어졌습니다.

더 정확히 표현하자면, 저는 이제 저를 위해 살아가고 싶어졌습니다.

제1막

헤어짐의 언어는 다를지라도

전소

나는 그대가 내게 주었던 것들을 압니다. 변치 않을 영원을 말하진 않았지만 순간의 사랑을 받았습니다. 값비싼 선물은 못 받았어도 내 생각이 났다며 늦은 퇴근길에 사 온 연노란색 장미 한 송이를 받았지요. 우리의 사랑은 한순간도 뜨겁게 활활 타오르지 않았습니다. 은은하게 온기만 간직한 불씨 같았을 뿐. 손을 데어도 뜨겁지 않았으니 실은 쉽게 식어버릴 사랑이었을지도 모르겠습니다.

그 조그마한 불씨는 가만히 손으로 포개어버리면 꺼

질 듯하였습니다. 그 사실을 우린 둘 다 알고 있었지만 말하지 못했습니다. 어쩌면 우리가 지킨 그 암묵적인 침묵 때문에 어느 누구도 불씨를 키울 생각을 못 했던 탓입니다. 각자의 힘겨운 삶 속에서 우리는 서로에게 큰 의지가 되지 못했습니다. 더 이상 암묵적인 침묵을 지키지 않고 깨버리던 그날에, 우리는 맞잡고 있던 손을 놓았습니다. 담백한 이별이었는지는 잘 모르겠습니다. 다만 나도 울지 않았고 그대도 울지 않았습니다. 3분 남짓한 통화 끝에 우린 이별을 했고, 그게 전부였습니다. 그대를 붙잡지 않았던 것을 보면 나도 언제 꺼질지 모르는 그 불씨를 지키기 힘들었나 봅니다. 그렇게 그 불씨는 영원히 사그라들었습니다.

님에서 점 하나만 찍으니 남이 되어, 나는 그대를 알고 그대도 나를 아는데 우리는 생애 처음부터 몰랐던 사람인 것처럼 지내고, 살았는지 죽었는지도 모르는 타인이 되었습니다. 분명한 건 아직도 그대 이름이 선명하고, 그대 등 뒤의 점 위치도 생각나고, 구불거리던 머리카락과 몽당연필 같던 못생긴 엄지손가락, 그대가 자주 입던 셔츠 색깔마저도 기억이 나는데 나는 이 모든 기억을 전소시켜야만 합니다. 그 재로 남은 모든 걸 덮어버려야 합니다.

　그대는 나보다 조금 더 빨리 나를 지울 수 있을지 모르겠습니다. 어쩌면 사랑의 무게만큼 기억의 무게도 내 쪽으로 훨씬 기울어있으니 말입니다. 나는 이것들이 가벼워질 때까지 한 움큼씩, 조금씩 버려야겠지요. 그러면 언젠가는 그대 쪽으로 기울어진 내 마음이 수평을 이룰지도 모를 일입니다. 좋았던 기억이 남을까 봐, 그러면 그대를 너무 늦게 잊을까 봐, 그대 생각에 한 번은 울까 봐 나는 억지로 나빴던 기억들을 꺼내 옵니다. 그대는 내게 너무 좋은 사람이었는데 어느새 그대는 내게 너무 나쁜 사람이 되어 있습니다. 표현이 없던 사람, 이기적인 사람, 운전할 때 욕을 많이 하던 사람, 설거지를 자주 쌓아놓던 사람, 그 얼마 되지 않는 단점들이 커다란 뭉텅이가 될 때까지 나는 그것들을 하나씩 주워 모읍니다. 나는 오늘도 이렇게 다 지우지 못한 그대 생각을 하며 아쉬운 대로 잠이 듭니다.

사별: 이별가

　아프지 않은 이별이 어디 있겠습니까마는, 제 이별은 유난히 아팠습니다. 잠시 제가 떠나보낸 어느 사람의 이야기를 써보고자 합니다. 그와 저는 3년이라는 시간 동안 불같은 사랑을 했습니다. 사랑하는 동안 서로에게 모진 말을 하기도 했고 그러다가도 죽고 못 살 것처럼 잡기도 여러 번. 우리가 완벽히 헤어진 것은 그가 머나먼 땅으로 가 있을 때였습니다. 그는 그 후 한국에 돌아와 저에게 재회를 이야기했지만 저는 그럴 수 없었습니다. 이미 서로에게 너무 많은 상처를 주었기에 이제는 사랑이 아니라고 생각했습니다. 그는 길다면 긴 시간 동안 저를 기다렸습니다. 그러던 어느 봄날의 밤, 그는 저를 찾아와 다시 재회를 말했습니다. 서로 다른 의미의 눈물을 흘리며 우리는 그제야 사랑의 끝을 인정했습니다. 그를 밀어내고 두 밤이 흘렀을까요. 그는 영원한 별이 되고 말았습니다. 그 슬픈 사실을 알게 되었을 때는 제 생일이 일주일도 채 남지 않았을 때였습니다.

그의 죽음에 대해 알게 된 날, 한참을 오열하다 잠이 든 그 밤, 그의 꿈을 꾸었습니다. 따스한 불빛이 반짝거리는 놀이동산에 그와 함께 있었습니다. 그가 어떻게 별이 되었는지 알 수 없었지만 왜인지 그는 물에 젖은 상태로 제 옆에 서 있었습니다. 그리고 제게 손을 내밀었습니다. 꿈이지만 저는 그의 죽음에 대해 분명히 인식하고 있었습니다. 그러나 저는 망설임 없이 그의 손을 잡았습니다. 그가 마지막 인사를 하러 왔다는 생각이 들었습니다. 제가 손을 잡는 순간 그는 제가 여태껏 보았던 그 어떠한 미소보다도 행복하게 웃었습니다. 그리고 저는 꿈에서 깨어났습니다. 잠에서 깬 저는 그 미소가, 그 얼굴이 잊히지 않아 얼마나 울었는지 모릅니다. 재회를 말하던 그날 제가 그의 손을 잡아줬더라면,

그의 새벽에 함께 있어 줬더라면 그가 떠나가지 않았을까요? 세상을 등지는 그 순간 저를 얼마나 많이 원망했을까, 얼마나 외로웠을까, 얼마나 무서웠을까. 무수한 물음에 아무런 대답도 듣지 못한다는 것이 너무 괴로웠습니다.

아마 그 이별은 제게 평생 잊을 수 없는 이별일 것입니다. 몇 년이 흐른 지금은 조금 무뎌져 있을 뿐, 앞으로도 그 이별을 떠올릴 때마다 저는 울고 말겠지요. 시간이 더 지난다면 울지 않을 수 있을까, 자신이 없습니다. 여전히 지금도 소나기처럼 그가 눈에 맺혀 흐르기도 하니까요. 다른 이들의 이름은 잊어도 그의 이름만은 잊지 못할 것 같습니다. 그래도 제가 이렇게나마 살아가며 다른 이들을 사랑할 수 있는 것은 그가 준 사랑 덕분입니다. 그 미소 덕분입니다.

저는 지금도 그의 죽음이 믿기지 않습니다. 혹시 지구 반대편 어딘가에서 행복하게 잘살고 있는 것은 아닐까. 내가 못 알아보게 얼굴을 고치고선 멋지게 살고 있는 건 아닐까, 하는 생각이 듭니다. 여전히 저는 죄책감을 느끼곤 합니다. 지금은 옅어진 죄책감이지만, 당시엔 파도가 휘감듯 죄책감에 빠져 살았습니다. 사는 것보다 죽는 게 더 쉬워 보였습니다. 저를 미워하고 있진 않을까. 지금 이렇게 힘든 건 그가 나를 원망하고 있기 때문은 아닐까. 난 저주받고 있는 걸까, 와 같은 생각을 자주 했습니다. 그렇지만 믿고 싶습니다. 그가 보여준 그 마지막 미소만큼은 믿고 싶습니다. 제게 잘 살라고, 자기 몫까지 열심히 살아달라고, 여기서 더 고생하다 나중에 늙어서 웃으며 보자고, 그런 미소였기를 바랍니다. 부디 그의 영혼에 안식을 기원합니다.

가만히 보내기

나는 이 세상에 좋은 이별은 없다고 강력히 믿는 사람 중 하나다. 이별은 사전적인 의미부터 서로 떨어져 갈라진다는 뜻을 담고 있는데 어떻게 헤어짐이 좋을 수 있겠는가. 아직 짧은 인생이지만 적어도 내 인생에 슬프지 않았던 이별은 없었다. 한때 사랑했던 사람과 '안녕'이란 말로 헤어졌건, '다신 보지 말자'란 말로 헤어졌건 아프고 슬픈 건 마찬가지다. 사랑으로 시작했던 관계가 허무하게 끝이 났다. 하루의 시작과 끝을 함께하고 황금 같은 주말을 오로지 그 사람을 위해 쓰던 그런 둘도 없는 관계가 사라져버린 것이다. 그렇게 이별을 맞이하면 몸과 마음이 약해진다. 갑자기 이별 알레르기가 생겨 몇 개월, 길게는 몇 년을 고생하기도 하고 어떨 때는 너무 괴로워 상처가 아물지 못하도록 스스로 긁어 부스럼을 만들기도 한다. 약을 발라 가라앉혀 보지만 그때뿐이다. 그러니 어떠한 인사말로 헤어짐을 맞이했건 간에 좋은 이별이 있을 리 없다는 게 나의 생각이다.

고작 몇 개월 만났던 사람과의 교제가 끝이 난 후, 몸이 이별을 거부한 적이 있었다. 그와 많은 감정을 교류하지도 않았다. 그러나 어느 이별보다 몸으로 와닿았다. 심장이 딱딱하게 굳는 느낌이 들기도 하고 음식을 입에 넣었다 하면 토를 하기도 했다. 미열이 올라 한여름 열대야에도 이불을 끌어당겼다. 마음이 죽어가는 느낌보다 내 몸이 죽어가는 느낌이 들었다. 그렇게 사랑했던 사람도 아닌데, 배신의 아픔 때문이었을까 나는 당최 정신 차릴 줄을 몰랐다. 그때부터였다. 엄마에게 내 이야기를 털어놓게 된 것이. 나는 여전히 넘기지 못해 쓰린 가슴을 움켜잡으며 엄마에게 전화를 걸었다. 내 마음과 달리 하늘이 참 맑았다. 엄마는 가만히 내 이야기를 듣다가 말했다.

"물 흐르듯 그냥 지내다 보면 괜찮아져. 시간이 지나면 아무것도 아니야."

나는 그 말에 왜 그렇게 안심이 되었을까. 내가 애쓰지 않아도 시간이 흐르면 자연스레 괜찮아진다는 말. 결국은 다 괜찮아진다는 것. 이 고통이 무조건 지나갈 거라는 안도감. 멋들어진 말도 아니었지만 우리 엄마가 했던 말 중 가장 덤덤하고 멋진 위로라고 생각했다.

어쩌면 우리가 이별에 대처하는 가장 좋은 자세는 '가만히 있는 것'이 아닐까. 당장 이겨내려고 하지도 말고 그렇다고 더 슬퍼지려 하지도 말고, 그저 시간이 흐르는 대로 가만히 나의 감정을 느껴볼 것. 흐르는 감정을 막으려 하지 말고 시간이 가는 대로 내 마음이 가는 대로, 울기도 하고 떠나간 그 사람을 향해 화도 내보며 이별을 보내 볼 것. 그 무엇도 더하지도, 덜하지도 말고. 이별을 어렵게 생각하지 말고 가만히 떠나보내는 시간을 가지는 것이 아이러니하게도 이별을 가장 빠르게 보내는 방법이다.

헤어짐의 언어는 다를지라도

저의 하루는 웹툰을 보는 것으로 마무리됩니다. 아기자기한 그림체로 눈길을 끌어 보게 된 웹툰 〈아홉수 우리들〉은 저를 다시 이별했던 그날로 되돌리기 충분했습니다. 주인공의 이별과 그날 제가 겪었던 이별이 어찌나 비슷한지. 퇴근하는 지하철 안, 그날 제가 겪은 몸의 통증과 심적 고통이 느껴져 울컥한 마음에 울음을 참느라 목울대가 시큰거렸습니다.

"어느 날 갑자기 널 더 이상 사랑하지 않는다는 걸 알게 됐어."

웹툰 속 이별과 저의 이별은 서로 다른 인사로 헤어졌습니다. 그러나 여자주인공이 표현하는 고통은 저와 너무나도 비슷했죠. 어쩌면 헤어짐의 마지막 언어는 다 다를지 몰라도 그 끝은 비슷할지 모릅니다.

위에 말씀드린 대로 저 역시 주인공과 비슷한 상황의 이별을 겪은 적이 있습니다. 퇴근 후에 저만치 다가오는 그 사람에게 반갑게 인사를 하고 우리는 식당으로 들어갔죠. 맛있게 고기를 먹고 고소한 냄새를 풍기며 기분 좋게 한강을 거닐었습니다. 그 사람 손에는 씁쓸한 아메리카노, 제 손에는 달콤한 바닐라 라테가 들려 있었죠. 참 평화로운 데이트였습니다. 그렇게 평소와 같은 데이트를 하고 돌아온 차 안에서 그 사람은 운전대를 두 손으로 꽉 붙잡으며 헤어짐을 얘기했습니다. 좋아는 하지만 더 좋아지진 않는다고, 자기 상황이 안 좋아서 저의 투정까지 들어줄 만큼 마음에 여유가 없다고 했죠. 웹툰의 여주인공도 근사한 레스토랑에서 식사를 하고, 그렇게 평범한 데이트가 끝날 때 헤어짐을 맞이하던데. 그와의 이별도 그랬습니다. 차라리 데려다줄 만큼 먼 곳으로 오지나 말지. 혼자 눈물이라도 쏟으며 집으로 돌아가게 내버려 두지. 아무튼 그를 붙잡아도 소용없다는 것을 직감적으로 알았습니다. 내가 알던 그 사람이 맞는 건지. 그 표정도, 말투도, 억양도 다 거짓말 같았습니다. 그만하자는 말 한마디에 순식간에 온몸의 피가 거꾸로 솟고 심장이 급속도로 차가워지는 느낌을 받았습니다. 웹툰 속 주인공의 독백처럼 '심장이 찢어지는' 그 고통 말이죠. 그래요. 각자 사랑한 방식과 표현, 마지막 인사는 달라도 결국 헤어짐의 고통은 비슷합니다.

고통이 비슷하다면, 그렇다면 우리도 수많은 이별을 겪고 다시 행복해질 수 있지 않을까요? 또 다른 사랑을 찾든, 혼자 살아가든 말입니다. 헤어지고 난 후 며칠간은 저 역시도 얼마나 힘들었는지 모릅니다. 수면제를 먹어도 잠이 들지 않았고, 길을 걷다가도 주저앉고 싶었으니까요. 눈을 감았다 뜨면 병원의 천장이 보일 것만 같았습니다. 어쩌면 그 사람도 나만큼 힘들어하지 않을까, 그러다 결국 내게 다시 연락하지 않을까, 사실은 내가 너무 보고 싶지 않을까, 오늘은, 내일은 하는 생각들을 하며 말입니다.

그러나 사랑 앞에선 '어쩌면 그 사람도'라는 말은 아무런 힘이 없습니다. 만약 그 사람이 정말 당신을 변함없이 사랑했다면 애초에 헤어지지 않았을 것이고, 설사 헤어졌더라도 진작에 당신에게 다시 연락했을 테니까요. 이제 우리는 그 사람 없이도 홀로 살아가야 합니다. 이제는 그 사람이 아니라 나를 돌봐야 합니다. 이별의 가해자이든, 피해자이든 그 상황은 이제 신경 쓸 문제가 아니게 되었으니 말입니다.

그러니까 제가 하고 싶은 말은, 지금 이 고통은 나만 겪는 것이 아니라는 것입니다. 우린 크고 작은 다양한 이별을 매일 겪고 있고 사람은 누구나 그것을 이겨낼 힘이 있습니다. 사랑하는 연인뿐 아니라 가족, 친구, 얼마나 많은 사람들과 이별하며 살아가는 인생이던가요. 그러니 이미 떠나간, 타인이 된 그 사람의 뒷모습이 아닌 수많은 이별을 이겨낸 다른 이들의 앞모습을 보며 버텨냈으면 좋겠습니다. 우리 생각보다 시간은 빨리 흐르고 고통도 금방 무뎌질 테니까요. 이별이라는 글자 앞에서 몸을 웅크리는 것 말고는 할 수 있는 게 없을 것만 같은 당신, 당신도 반드시 행복해질 수 있다는 것을 잊지 말았으면 좋겠습니다.

친구야, 우리 사랑받으며 살자

오랜만에 홍대에서 단짝 친구를 만났다. 아직은 조금 차가운 바람이 부는 초봄의 날이었다. 우리는 역 앞에 바로 보이는 2층 카페에 들어가 자리를 잡았다. 잘 지냈냐는 내 말에 연애한 지 2년이 막 넘은 내 친구는 아메리카노를 한 모금 홀짝이더니 입을 열었다. 사실 남자친구가 더 이상 자신을 사랑하지 않는 것 같다고, 헤어지는 게 맞는 건지 모르겠다고, 요즘 자신은 매일 운다고 어떻게 해야 하냐고 물었다. 싸움도 잦아졌고 한참 싸운 뒤에는 툭하면 시간을 갖자며 연락이 없다고 했다. 친구는 헤어지는 것이 정답인 걸 알지만 용기가 나지 않는다고 했다. 나는 그런 친구에게 물었다.

"아직도 남자친구를 사랑해?"

나의 질문에 내 친구는 잠시 말이 없다가 그것마저도 모르겠다고 했다. 좋아는 하는데 사랑하는지는 모르겠다고. 예전에는 '이 사람 없으면 죽겠구나.' 싶었는데 지금은 '이 사람 때문에 내가 죽겠구나.' 싶다고 했다. 무엇이 가장 힘드냐고 했더니 자신만 애타는 것 같아서, 그 사람이 변해가는 모습을 보는 게 가장 힘들다고 했다. 나는 목을 가다듬고 한 톤 낮은 목소리로 말했다.

"연애는 내가 행복하려고 하는 거야. 그렇다고 이기적으로 굴라는 건 아냐. 일단 내가 행복하기 위해 상대에게 무언가를 주는 거야. 그리곤 상대방이 행복해하는 모습을 보면서 나도 또 한 번 행복해지는 거지. 근데 더 이상 상대도, 나도 행복하지 않다면 이게 다 무슨 의미가 있어? 지금 하는 연애로 너, 행복해?"

금방이라도 눈물을 터뜨릴 것 같은 표정으로 친구는

아니라고 했다. 네가 한 말이 맞다고, 자신은 지금 불행한 것 같다고 했다. 그런 그녀에게 나는 아픈 말을 건넬 수밖에 없었다.

"친구야, 나는 네가 행복한 연애를 했으면 좋겠어. 물론 어떻게 사랑이 평생 똑같은 온도로 타오를 수 있겠어. 불쏘시개로 한 번 들쑤시면 잠깐 타올랐다가, 또 은은하게 온기만 간직한 채로 따뜻하다가 그러는 거지. 근데 상대방의 사랑에 감사하지 못하는 거, 다쳤는데 그냥 너 혼자 속 타 죽도록 내버려 두는 거, 그거 잘못된 거야. 혼자되는 거 무섭지. 나도 다 알아. 근데 매일 잦게 상처받는 것보다 한번 크게 앓는 게 더 낫더라. 상처 곪을 때까지 계속 들쑤시는 거, 그게 더 아픈 거더라."

친구가 기어이 눈물을 터뜨렸다. 나는 냅킨을 가져다 친구의 앞에 조용히 놔두었다. 우린 다 큰 어른인 줄 알았는데 아직도 사랑 앞에서 아이처럼 어깨를 들썩이며 울어버리는 것 말고는 할 줄 아는 게 없었다.

"우리 사랑받으며 살자, 친구야."

너를 평생 사랑해 줄 남자가 없다면 내가 있잖니. 네 옆에 내가 있고, 나의 옆엔 네가 있는데 세상 두려울 게 무엇이 있겠니. 뭐가 외롭겠어. 좋은 남자 못 만나면 우리 그냥 옆집에서 살자. 같은 집에서 살면 맨날 설거지는 누구 차례다, 빨래는 누구 차례다 싸울 게 뻔하니까 이웃으로 말이야. 주말엔 같이 민낯에 부들부들한 수면 바지 입고 치킨 한 마리 뜯으며 예능 하나 틀어놓고 깔깔거리며 웃자. 그러다가 나이 먹어서 머리에 새하얗게 서리가 내리면 손 붙잡고 실버타운 가자. 그러니까 나는 네가 더 이상 나쁜 남자 때문에 울지 않았으면 좋겠다. 그러기에 너는 너무 예쁘고 소중한 존재잖아.

친구의 눈물에 애매한 위로를 삼켰다. 요즘 힙하다는 카페엔 EDM이 흐르는데 그곳에 처연한 표정의 두 여인이 마주 앉아있다. 한 명은 울고 있고 한 명은 입술만 샐룩거린다. 참으로 이상한 풍경이다.

딸, 네가 무슨 짓을 해도 엄마는 네 편이야

엄마와의 통화가 부쩍 늘었다. 또다시 이별을 한 탓이다. 맑은 여름날 이었다. 엄마, 내가 무슨 감정인지 모르겠어. 근데 슬퍼. 슬픈 것 같아. 힘들어하는 나에게 엄마가 물었다.

"딸, 네 인생을 좌지우지할 만큼, 그 사람을 좋아했니?"

나는 갑작스레 터지는 눈물을 참으며 아니라고 대답했다.

"그렇다면 그 사람이 네 전부가 될 만큼, 그를 사랑했니?"

나는 그것 또한 아니라고 대답했다. 그러자 엄마가 말했다.

"그런데 네가 이렇게 힘들어할 필요가 뭐가 있니."
"엄마, 그럼 나는 무얼 하며 이 감정을 흘려보내야 해."
"괜찮아, 그럴 땐 아무것도 하지 마. 무언가를 하려고 하면 오히려 더 허무해질 수도 있어. 그냥 종이에 물 스며들듯 그렇게 보내면 돼. 나중에 네가 쉰 살이 될 즈음에 생각해보면 지금 그일, 아무것도 아니게 느껴질 거야. 그 사람의 이름도 생각이 안 날 거야."

나는 울음을 참아내느라 아픈 목울대를 느끼며 말했다.

"엄마, 내가 생각해봤는데 나는 그러질 못했다? 항상 이별이 오면 혼자 있는 게 무서워서 다른 사람을 찾고, 무언가를 끊임없이 하려고 애썼어. 헤어진 사람에 대해 생각하지 않으려고 발악했어. 응, 발악했다는 말이 맞는 것 같아. 나는 이런 슬픔들을 잊으려고 발악해왔어. 엄마의 말을 들으니 지금 느끼는 이 감정이 좀 더 명확해졌어. 사실 나는 그 사람을 많이 사랑하지 않았어. 크게 슬프지 않아. 눈물 한 방울 흘리지 않았는걸. 근데 지금 이 감정은 말이야. 그래, 상실의 슬픔이야. 어찌 됐건 이제 더 이상 그 사람을 보지 못하잖아. 내 인생에서 어떠한 사람을 또다시 잃어버렸잖아. 나는 그 상실이 슬픈 거야. 엄마, 나는 더 이상 잃어버리고 싶지 않아. 나 이제 더 이상 상처받고 싶지 않아. 나로 인해 상처받는 사람들이 생기는 것도 무서워. 어떻게 해야 해? 엄만 내 편이야? 평생 내 편이 되어줄 거야?"

"당연하지, 엄마는 네가 무슨 짓을 해도 네 편이야. 주변을 둘러봐. 네 곁에서 너를 위로하고 네 편이 되어줄 사람들이 많잖아. 너 혼자 아니야. 잠시 바람이 불고 있다고 생각해. 바람은 머물지 않아. 스쳐 갈 뿐이지. 그렇잖아? 그러니까 너무 많이 흔들리지 마. 그럴 필요 없어. 늘 그랬던 것처럼 이 바람도 머지않아 지나갈 거야. 주말에 집에 와. 네가 좋아하는 닭볶음탕 해 줄게. 고양이 밥 많이 주고 내려와. 터미널로 데리러 갈게."

좋은 이별을 하는 게 중요해?

B와 이야기를 나누던 중이었다. 아침 드라마 같던 배신의 이별(이렇게 쓰니 정말 아침 드라마 제목 같다)을 했던 나와는 달리 B는 늘 나쁘지 않은 이별을 해왔다고 했다. 굳이 따지자면 좋은 이별, 서로 잘 지내라고 인사하며 덤덤하게 이별을 해왔다고 했다. 긴 연애만 해왔던 나와는 달리 그동안 100일을 채 못 넘기는 짧은 연애만 해왔던 B였다. 그가 내게 건넨 말이 마치 '난 너와 달리 나빴던 경험이 없어.'라는 의미로 들려 나는 잠시 생각에 잠겼다. 비뚤어진 내 마음 때문일까. 그러다 나도 모르게 B에게 가시 박힌 말을 건넸다.

"근데 그건 서로 많이 사랑하지 않았기 때문 아닐까? 항상 연애가 짧았다며. 그러니까 길게 볼 만큼 서로 사랑하지 않았던 거지. 진짜 사랑했다면 이별이 그렇게 간단할 수가 없어. 무 자르듯 깔끔하게 베어낼 수 없다고."

"그런가?"

이번에는 B가 생각에 잠겼다.

"어떤 이별을 했는지보다는 어떤 사랑을 했는지가 중요하다고 생각해. 좋았건 나빴건 이별을 통해서도 물론 배울 수 있어. 하지만 어떤 연애를 했는지에 따라 쌓이는 데이터, 그러니까 경험치와 비교하면 그건 다르지. 다음 연애를 어떻게 해나갈지가 완전히 달라진다고."

사랑을 통해 배우는 것들이 무수한 문장으로 이루어져 있다면, 이별은 한 문장으로 정리되는 것 같은 느낌이다. 사랑하는 시간이 이별하는 시간보다 길기 때문일까? 아무튼 중요한 사실은 그 시간 속에서 사랑을 제대로 줘 본 사람만이 제대로 받을 줄도 안다는 것이다. 온전히 사랑해본 사람만이 다른 사람과도 온전한 사랑을 할 줄 안다. 나를 지키지 못한 연애를 했더라도 그 경험은 언젠간 좋은 쪽으로 쓰이기 마련이다. 최소한 다음 연애에서는 나를 지켜야 한다는 마음을 갖게 하니까.

그러니 나쁜 이별을 했다고 자책하지 말자. 어쩌면 울고불고 매달리는 아픈 이별은 진짜 사랑을 나눈 사람만이 경험할 수 있는 특권 같은 것인지도 모른다. 비록 나쁜 이별을 맞이했더라도 연애하는 동안 그 과정이 괜찮았다면, 서로 진짜 마음을 주고받았다면 그 연애로 인해 다음 단계로 넘어갈 수 있는 경험치가 쌓였을 것이다. 앞으로 당신이 깨야 할 사랑의 퀘스트는 여전히 많이 남아 있겠지만 경험치로 인해 당신은 더욱 안전하고 단단하게 사랑에 임할 수 있을 것이다.

지금 무엇보다 중요한 것은 이별한 내가 아니라, 앞으로 사랑을 하게 될 나다. 그러니 '나쁜 이별'보다 '좋은 사랑'을 하게 될 나를 응원하자.

나는 네가 그 사람을 기다리지 않았으면 좋겠어

가끔 수면 위로 떠오르는 기억이 있어.

그냥 너와 그때의 나,

5살의 기억,

우리 엄마, 할머니,

그날 건넜던 신호등.

잔잔한 적은 없었지만

큰바람이 불지는 않았을 텐데.

가끔 수면 위로 아픈 기억이 떠올라

큰 파도를 만들어내곤 해.

"왜 그런 말도 있잖아.

인연은 피해서 돌아간 길에서도 만난다고."

얼마 전 이별한 친구가

조금 더 빨리 이별한 나에게 헤어짐을 토로한 날.

친구에게 그렇게 위로하면서도 그 뒤에 숨겨진 말은,

'나는 네가 그 사람을

기다리지 않았으면 좋겠어.'라고.

왜냐면,

그거 내가 해봤는데 정말 못 할 짓이야.

잔인하게도 기대는

상대를 더 악당으로 만들어.

언제 떨어질지 모르는 단두대처럼

내 목에 시퍼런 칼날을 들이밀고 있는 시간일 뿐이야.

안타깝게도 우리는

사랑을 다 알기엔 너무 어린 나이잖아.

요즘 백 세 인생이라는데 그중에 절반,

아니 3분의 1도 살지 못한 우리가

어떻게 사랑이 뭔지,

인연인지 아닌지 알 수 있겠어.

그냥 나이를 먹을수록 이 정도 했으면

사랑이겠거니 하는 것뿐이지.

헤어지면 인연이 아니겠거니,

사랑하는 동안은

이 사람이 내 인연이겠거니

하면서 말이야.

다 알면 좋겠지만,

안타깝게도.

사람을 용서하는 일에 대해

내게 묻지 않았으면 좋겠어.

용서를 한다는 것은

그 사람을 한 번도 원망해보지 않은

사람에게나 가능한 일일 거야.

그건 용서가 아니라

그저 그 아픔에 무뎌진 것뿐이겠지.

자세히 봐, 흉터는 여전해. 보이지?

혼자 있지 않지만 혼자인 것 같아.

내 꿈을 꾸었으면.

날 혼자 두지 말았으면.

당신이 내 생각에 슬피 울었으면 좋겠습니다

천근만근 무거운 몸을 이끌고 집으로 향하는 지하철 안입니다. 더운 여름날의 습기는 온몸에 착 달라붙어 떨어질 생각을 안 하고 피곤한 눈은 건조하게 말라 있습니다. 그러다 문득 외로움이 머릿속으로 조금씩, 아주 조금씩 스며듭니다. 이상합니다. 연애가 하고 싶은 건 아닌데, 또다시 사랑에 상처받으며 마음 아파하고 싶지 않은데 누군가가 필요해지는 밤입니다. 알콩달콩 사랑을 나누고 싶은 게 아닙니다. 내가 하고 싶은 건, 누군가를 걱정하는 일입니다. 뼛속까지 차갑게 틀어놓은 에어컨 바람에 감기는 걸리지 않았는지, 입맛 없다

고 배는 곯지 않았는지, 힘겨운 오늘 하루는 무탈하게
보냈는지 걱정하고 싶습니다.

또 누군가와 살을 맞대고 온기를 느끼고 싶은 밤입니다. 습기 찬 입맞춤 대신 그냥 서로의 온기를 나누며 가만히 끌어안고 싶습니다. 내게 필요한 건 그저 달콤하기만 한 것이 아닙니다. 조금 씁쓸하고 아주 미묘한 단맛이 나는 그런 것입니다. 그러다 보면 어느새 내 머릿속엔 지나간 사랑이 떠오릅니다. 미안함, 감사함, 슬픔, 기쁨, 냉정, 열정, 다툼, 화해, 손깍지와 가벼운 포옹, 장미꽃과 어설프게 써 내려간 편지들. 아아, 내 감정은 또다시 이것저것 뒤섞여 버립니다.

그대는 잘 지내고 있는지 감히 걱정됩니다. 어쩌면 그대는 내 생각은 하나도 하지 않을지 모르겠습니다. 아마 그렇겠지요. 내겐 그대를 걱정할 이유조차 실은 없는 거겠지요. 내게 필요한 건 바로 당신일지도 모르겠습니다. 벌써 그대 얼굴은 서리 낀 창문처럼 희뿌옇기만 한데, 그대 목소리는 음소거를 해놓은 음악 소리처럼 들리지 않는데, 흐르는 물에 두둥실 띄워 보낸 돛

단배처럼 시간이 흘러서 나는 그댈 다 기억하지도 못하는데 왜 오늘 밤만은 자꾸 그대가 떠오를까요. 내게 기억해낼 다른 누군가가 없기 때문인가 봅니다. 어느 누군가가 나보다 한발 앞서서 나를 기다리고 있다면 나는 그대를 잊을 수 있을 것입니다. 그러니 그때까지는 힘든 하루의 끝에 한 번씩 그대를 꺼내 보려고 합니다. 비록 달지는 않았지만 내가 원하던 그 씁쓸하고 미묘하게 달콤했던 그 기억 말입니다.

  그러니까 내가 하고 싶은 말은, 나는 당신이 내 생각에 슬피 울었으면 좋겠습니다. 집을 치우다가 나온 내 머리카락에 기분이 묘해지고, 내가 선물해준 셔츠를 꺼내 입으며 또 한 번 고마워지고, 우리가 한강을 걸으며 함께 듣던 노래가 나오면 울적해졌으면 좋겠습니다. 다른 사람에게서 내 모습을 봤으면 좋겠고, 그 사람의 단점에서 내 장점을 꺼내었으면 좋겠습니다. 퇴근 후 조용한 집에 들어서는 순간 나의 수다스러움이 그리웠으면 좋겠고, 함께 보던 예능을 홀로 보다가 깔깔 웃던 내 웃음소리를 들었으면 좋겠습니다. 나는 이렇게나 못된 사람입니다. 나를 떠난 당신의 행복을 빌어주지 못하니다. 그렇게 내 생각으로 내내 힘들어하다가 내게 한 번쯤 연락해주었으면 좋겠습니다. 그러면 나는 당신에게 모질게 말하지 않을 겁니다. 나는 잘 지내고 있노라고 담담하게 얘기해주고 싶습니다. 당신이 그렇게 나를 아주 천천히 잊었으면 좋겠습니다.

누군가를 이렇게나 저주해도 되는 걸까

전에 만났던 남자친구가 결혼한다는 소식을 전해 들었다. 5개월이라는 짧은 만남 끝에 갑작스레 내게 이별을 고했던 그 남자. 후에 알고 보니 다른 여자가 생겼고 내게서 아주 급히 떠났다. 그리고 그 여자와 1년도 채 안 되어 결혼한다는 것이었다. 그런데 생각보다 그 소식을 들었을 때 큰 타격은 없었다. 뭔 짓을 해볼 생각도 없었고 전 남자친구의 결혼 소식에 마스카라 번지며 처량하게 우는 짓도 안 했다. 내가 그 남자에게 미련이 없기 때문이기도 하겠지만 지금으로선 연애나 결혼에 대한 생각이 딱히 없어서 더 그런지도 모른다.

그런데 참 이상하지. 그에게 일말의 미련도 남아 있지 않으면서도 그가 불행하길 바랐다. 내게 상처를 준 만큼 아프거나, 혹은 그 이상 불행하기를. 며칠을 아무것도 먹지 못해 토해내고 잠도 이루지 못한 나의 고통을 그도 꼭 겪기를 바랐다. 그런데 나도 알고 있다. 내가 또 심성이 미련하고 착한지라 이렇게 남을 저주하고 미워하는 것조차 마음 놓고 하지 못한다는 것을. 아니나 다를까 이래도 되는 건가 싶어 또 걱정이다.

"정말 나쁜 생각인 거 아는데요, 그 사람이 굉장히 아프거나 다쳤으면 좋겠어요. 아니면 그 여자가 떠나가거나 나중에 이혼해도 좋고, 어쨌든 꼭 돌려받았으면 좋겠어요. 그래야 배신당했던 아픔에 그나마라도 억울하진 않을 거 같아요."

이 말을 내뱉는 내 모습이 사이코 같을까? 내가 나쁜 사람이라 이런 생각을 하고 사는 걸까? 의사 선생님이 이런 말을 하는 나를 어떻게 볼까 손을 꼼지락거리며 걱정했다. 그러나 의사 선생님은 의외의 말을 내게 건넸다.

"결혼식장 가서 깽판 쳐버리세요."

정신과 의사 선생님은 웃으며 실없는 농담을 했다.
나는 어색하게 웃으며 대답했다.

"사실 그럴 필요도 없는 거 같아요. 그런다고 제 마음
이 한 번에 홀홀 털어진다면 백번이고 천 번이고 했을
거예요. 근데 그러지 않을 걸 아니까. 그로 인해서 또
과거를 질질 끌고 살고 싶진 않아요. 진흙탕 싸움이잖
아요. 똑같이 나쁜 사람이 되고 싶지는 않아요."
"맞아요. 근데 그런 생각 한다고 나쁜 것도 아니고 잘
못된 것도 아니에요. 생각뿐이잖아요."

나쁜 생각을 하는 나의 묘한 죄책감을 알고 계셨던
걸까. 나는 혼날 줄 알았다. 그런 나쁜 생각 하면 이
놈! 한다고. 그런데 의사 선생님은 이런 나를 다독였다.

"그런 생각에 사로잡혀서 나쁜 행동을 하면 문제가
되지만 생각은 할 수도 있죠. 물론 그런 생각을 하느
라 매일을 못 견디고 괴로워하고, 혹은 우울해하고 아

무엇도 못 하고 산다면 그것도 문제가 되겠죠. 그렇지만 아니잖아요. 충분히 잘살고 있고 더 잘살려고 노력하고 있으니 문제 될 거 없어요. 그 정도 생각은 남들도 다 하고 살아요. 제가 본 이로 씨는 너무 착해요. 그런 생각도 못 하고 살면 세상 힘들어서 못 살아요. 미워할 줄도 알아야죠."

그래, 괜찮다. 나를 배신하고 상처 준 사람을 미워하는 일 정도는. 가끔은 남을 미워하고 욕도 해야 내 인생이 편하다. 내가 뭘 하지 않아도 그냥 '어쩌다 한 번은 그 짜아식에게 무슨 일쯤은 생기겠지.' 하고 살아가는 것이 내 정신 건강에 훨씬 이롭다. 그러니 혼자 앓지 말고 나에게 상처 준 사람들을 맘껏 미워하자. 에라이, 주식 다 떨어져라!

우리의 종말

'우리'로서의 관계는 바로 지금, 종말을 맞이했다. 사랑이라는 것은 항상 그랬다. 눈 감는 그 생의 마지막까지 함께 있을 것 같은 기대를 하게 만들어 놓고는 자기 혼자 과거로 도망쳐 버린다. 그러면 나는 이 사람과 헤어졌음에도 과거로 도망친 사랑으로부터 미화된 기억만을 붙잡고 슬퍼해야 한다. 나에게 이제 사랑은 과거가 되었다. 아니, 정확하게는 아직 나에게만 과거가 되지 못했다.

나는 우리의 관계에 종말이 오기 전까지 최선을 다했

다. 어떤 날은 기다림으로 내 목을 스스로 죄어야 했고, 또 어떤 날은 모진 말에 날카롭게 다쳐가며 고통을 모른 척해야 했다. 외롭다는 말도 차마 하지 못했던 날들. 사랑이라고 하기엔 그다지 따뜻하지 못했던 말들. 그러다 생각해본다. 이게 정말 관계에서 최선이었을까. 어쩌면 나 혼자 이 관계를 멱살이라도 붙잡고 억지로 끌고 왔던 건 아닐까. 내가 그것에 대해 겸허히 받아들였다면 나는 덜 다치지 않았을까. 이것저것 생각하니 내가 참 애처롭다.

그래도 지금이라도 종말을 받아들인 것이 얼마나 다행인가 싶다. 나 혼자 지켜가는 것이 사랑이었던가. 매번 모래사장에 사랑한다고 쓰면 한 번의 손짓으로 그 글자를 지워버리는 그 사람인데, 그것이 나만 말한다고 사랑이 되었던가.

종말을 겸허히 받아들이니 꺽꺽 울어대던 눈물이 목구멍에만 맺혔다. 나는 이것을 다 삼켜낼 때까지, 혹은 다 뱉어낼 때까지 미련이라고 부르기로 했다. 그래, 이것은 사랑이 아니다. 미련이다. 마침내 우리의 종말을 받아들이기로 했다.

새로운 연이 되어

30대 초반, 많다면 많고 적다면 적은 연애의 횟수. 그중 연락이 닿는 옛 연인은 한 사람도 없다. 정확히는 연락이 닿을지언정, 하지 않는다는 말이다. 반 이상이 악연이었으니까. 끝맺음이 무난했다면 악연이 아닌 그저 과거의 인연쯤으로 기억할 수 있지 않았을까 하는 생각이 잠시 들지만, 그마저도 참 쓸모없는 생각이라 그만두었다. 정의하기 어려운 옛 연인과의 연이 조금 더 길어진다 한들 무슨 소용인가 싶다.

그러다 문득 인연이란 무엇일까, 사람ㅅ과의 관계쯤

되려나? 하는 물음이 생겼다. 그런데 내 생각과 달리 인연因緣에서 '인'은 사람 인人을 의미하는 게 아니었다. 이 때의 '인因'은 어떠한 계기가 된다는 의미의 글자였다. 또, 그 아래 다른 뜻으로는 '의지하다'가 있다. 인연에서 의 '연緣'은 어떠한 계기로 맺게 된 '연'이거나 (내 멋대로 하나 더 해석해보자면), 의지할 수 있는 '연'이 아닐까 싶다. 예전에는 운명이나 인연이라는 말을 믿지 않았는데 25살, 첫 해외여행을 가고 나서야 그 단어들을 믿고 싶어졌다. 이 넓은 지구 중 같은 시간, 같은 나라, 같은 장소에서 만난다는 게 얼마나 큰 운명일까. 평생을 살아도 내가 연을 맺은 사람 보다 맺지 못하는 사람들이 많을 텐데. 그 생각을 하니 악연도 연이구나 싶었다.

어느 봄비 오는 평일의 낮, 가만히 잠든 나의 고양이를 쓰다듬고 있는데 이 아이는 악연으로부터 내게 온 소중한 인연이라는 생각이 들었다. 동물을 좋아하는 나를 위해 전에 만났던 사람은 자신의 자취방에 이 아이를 데려왔다. 정확히는 모르지만 그때 당시 사진을 보면 이 아이는 두 달 정도 된 새끼 고양이였다. 이름은 '모찌'. 내가 지었다. 동그랗게 몸을 말고 있는 하얀 녀

석이 마치 모찌 같았다. 나의 고양이 모찌는 그의 고양이였을 때도 그보다 나를 더 좋아했다. 그렇게 두 해가 지나기도 전 그 사람은 이사를 가야 한다며 모찌와 모찌의 짐을 차에 싣고 와서는 내게 맡겨버렸다. 그 이후로는 사료 값 한 번 대지 않았고, 그렇게 나는 모찌의 언니에서 엄마가 되었다. 그때만 해도 나는 고양이를 예뻐할 줄만 알았지, 발톱 하나 자를 줄 몰랐다.

내가 모찌를 맡은 지 몇 달 되지 않아 그 사람이 다른 여자를 만난다는 사실을 알게 되었다. 배신감에 매일 온몸에 피가 거꾸로 솟았다가, 망가져가는 내 모습에 괴로워 하기를 반복했다. 나는 삼자대면까지 하고 나서야 그 사람을 정리했다. 그 뒤로 모찌를 키울 자신이 더 완벽히 없어졌던 나는 이 아이를 입양 보낼 생각을 하고 있었다. 지금의 내 정신상태로는 내 몸, 마음 하나 챙기기도 바쁜데 요 조그마한 녀석을 어찌 책임지나 싶었다. 좁디좁은 6평의 원룸, 아프면 병원 한 번 데려가기 힘든 게 그 당시 내 상황이었다. 그래, 보내자. 이 아이를 위해서도 보내는 게 맞아. 그렇게 생각하며 침대에 누웠는데 모찌가 폴짝 뛰어 올라와 내 팔 안에서 고롱고롱거렸다. 처음 있는 일이었다. 조심스럽게 살포시 안는데 그게 그렇게 따뜻할 수가 없었다. 그날 나는 미안하다며 엉엉 울었다. 그래, 나랑 살자. 같이 살자. 내가 너를 어떻게 보내겠어. 이렇게 따뜻한데. 나까지 너를 떠나지 않을게.

우리는 여전히 좁은 원룸에서 함께 6년의 세월을 함께 보내고 있다. 그 후 역시나 찾아오는 악연들로 인해 악을 쓰며 소리 내어 울 때면 나의 고양이는 항상 묵묵히 내 곁을 지켰다. 내가 운다고 다가와 온몸으로 위로하지는 않았다. 그저 내가 울음을 다 토해내고 나서야 동그랗고 맑은 눈으로 살금살금 곁에 다가왔다. 그 눈빛은 마치 '다 울었어? 괜찮아, 엄마.' 하는 것 같았다. 그러다 눈을 마주치면 고양이는 지그시 눈을 감았다 떴다. 나의 그렁그렁한 눈에 따스한 위로를 건넸다.

시간이 다 지나 이제야 하는 말이지만 그 악연들이 있었기에 새로이 좋은 연을 만났다는 생각이 들었다. 그러니 악연들에게 고마워해야 할지도 모르겠다. 물론 설사 그렇다고 해도 당연히 고맙다는 말은 악연이 아닌 내 옆에 있는 소중한 인연들에게 할 생각이지만 말이다.

인연을 끊어내는 것이 그리 쉽던가요

이 헤어짐은 몇 번째 헤어짐일까. 우리는 사실 꽤 많은 헤어짐을 겪으며 살고 있다. 어릴 적 동네를 누비며 뛰어놀던 친구들, 부끄러운 사춘기를 함께 보낸 중학교 동창들, 어설프게 사랑을 꾸려 갔던 몇 명의 연인들, 좀 더 빨리 보낸 나의 외할머니와 외할아버지. 우리는 얼마나 많은 사람들과 이별하며 살고 있을까.

자연의 섭리대로 예상하며 맞이한 이별이 아닌 이상, 사람과 맺은 그 인연을 끊는다는 것은 언제나 쉬운 일이 아니다. 며칠 전 지인과 밥을 먹으며 이야기를 나누었는데, 헤어진 연인들과 전혀 연락을 나누고 있지 않은 나와 달리 본인은 헤어진 연인들과도 연락을 주고받으며 가끔 식사도 한다고 했다. 또 자신은 현재 여자친구의 전 남자친구에게 고마움을 느낀다고 말했다. 그와 헤어졌기에 지금 자신의 곁에 이 사람이 있는 거라며. 사랑했던 감정이 우정으로 바뀔 수 있다니! 내게는 참 새로운 관념이었다.

생각해 보면 참 우습다. 옷깃만 스쳐도 인연이라는데 하루의 시작과 끝을 함께 하고 영혼의 조각들을 나누던 연인들을 이별과 동시에 끊어낸다는 것이. 어쩌면 내 인생에서 위대한 인연 중 하나였을 텐데. 나의 지인처럼 과거의 일은 과거일 뿐이라 여기며, 그 인연을 오래 끌고 가는 사람들도 있을 것이다. 그러나 나는 그럴 수 없다. 그만큼 많이 사랑했고 많이 상처받았으니까. 물론 내가 더 상처를 줬을 수도 있다. 그러니 나는 더 이상 내가 사랑했던 사람이 다른 사람을 보며 행복해하거나, 혹은 어떠한 일로 인해 불행해하는 그런 모든 일에 대해 알고 싶지 않다. 그렇다면 나는 또 그를 미워하거나 안쓰러워할 테니까. 어쩌면 금방 무뎌질 이별을, 미련이란 단어로 길게 늘어뜨리는 건 아닐까 싶기도 하고.

　사랑했던 사람과의 인연을 끊어내는 것은 지금도 여전히 쉽지 않다. 사실은 어려움을 떠나 너무나 괴로운 일이다. 그럼에도 불구하고 내가 그 어려운 일을 하고야 마는 것은 과거의 인연보다 훗날 더 행복해야만 하는 나를 위해서다. 내 마음을 보호해야 하므로. 물론 나는 내게 상처를 준 사람을 용서하고 행복을 빌어줄 만큼 착하지 못하다. 그러니 차라리 과거의 연인들이 내 눈앞에 안 보이는 것이 더 낫다. 어떠한 이유든 나의 마음이 커다랗고 까만 미움으로 가득 차지 않도록 말이다.

　그러니 과거의 연인들을 미련처럼 남기고 싶지 않다. 그저 나는 과거의 어떤 사람을 사랑했던 한 여자였고, 지금은 그 애정을 나에게 쏟고 있다는 것. 더 많이 웃고 상처받지 않기 위해 나를 단련하는 시간을 갖고 있다는 것. 그리고 약해진 나의 곁에 여전히 남아주는 이들을 위해 기도하는 것. 감사하게도 나는 이렇게 과거의 인연들을 잊어가고 있다.

사랑은 시간으로 잊혀지네

'사랑이 다른 사랑으로 잊혀지네.'

나는 이 문장을 굉장히 좋아한다. 취미로 가끔 추상
화를 그리는데 내가 원하는 그림이 나오지 않을 때가
있다. 그럴 땐 다른 물감으로 덮어버리면 된다. 사랑도
문득 똑같다는 생각이 들었다. 지나간 사랑은 새로운
사랑으로 잊혀진다는 말. 나는 이별의 슬픔에서 허덕
일 때면 그 문장 안에서 위로받고는 했다.

그러던 어느 날 문장 그 자체를 그대로 받아들이면

안 된다는 것을 깨달았다. 쉬지 않고 연애를 한 뒤였다. 지난 사랑을 잊기에 충분하지 않은 공백기, 그리고 어느새 찾아온 새로운 사랑. 그 문장을 마치 명언처럼 믿어왔기 때문일까, 어렵지 않게 새로운 연애를 시작했는데 새롭게 다가오는 사람들은 대부분 너덜너덜해진 내 마음을 약점처럼 파고들었다.

그제야 알았다. 사랑이 다른 사랑으로 잊혀진다는 문장이 완성되기 위해서는 시간이 필요하다는 것을. 헤어진 사람을 잊기 위한 충분한 시간을 보내야 새로운 사랑이 온전히 내 것이 될 수 있다는 것을 말이다. 전 연인에 대한 미련이 사라져야 그 사람에 대한 미화된 기억들이 소각될 수 있다. 그리고 공백기 동안 나를 돌보는 시간을 가져야 외로움에 어설프게 끼워 맞춘 사랑이 아니라, 진심으로 꼭 맞는 사랑을 할 수 있다.

이제 나는 사랑은 다른 사랑으로 잊혀진다는 말의 진짜 의미를 안다. 지나간 사랑은 시간으로 잊혀지고, 그 이후에 새로운 사랑이 쓰인다. 그러니 지나간 사랑을 잊기 위해 새로운 사랑을 이용하지는 말자. 결국 헤어짐의 고통은 시간이 해결해주는 거니까.

KARMA카르마

어느 한 사진전을 보러 간 날이었다. 우연히 SNS에 얼리버드로 예매할 수 있는 광고가 떴는데, 바닷속에서 사람과 고래가 함께 유영하는 사진에 반해 무심코 두 장을 예매했더랬다. 그리곤 한때 함께 밴드를 했지만 현재는 디자인 쪽에서 일하고 있는 어여쁜 동생과 그 사진전에 찾았다. 커다란 나무에 나체로 얼기설기 뒤엉 켜 있는 사람들, 마스크를 쓰고 물속에서 키스하는 연 인, 바닷속에서 고래와 유영하는 사람. 그리고 그곳에 서 잊지 못할 한 문구를 만났다.

'카르마KARMA가 좋은 사람만이 고래를 가까이 할 수 있다.'

나는 무심코 그 문구 앞에서 한참을 멈추어 섰다. 카르마? 어디서 들어 봤더라. 궁금함에 바로 찾아보니 불교에서 업보를 이야기하는 단어였다. 모든 행위는 반드시 그것에 대한 결과를 가지고 온다는 것(쉽게 말해 인과응보因果應報라는 뜻이다). 그렇다면 나는 좋은 업을 쌓았던가? 반대로 내게 상처를 준 그들은 잘살고 있던가? 곰곰이 생각해 보니 놀랍게도 정말 인과응보가 맞아떨어지는 것이 아닌가!

20대 중반에 2년을 만나고 두 달을 바람 피운 나의 전 연인은 결국 40이 넘도록 결혼하지 못했다. 몇 년이 지났는데 아직도 연락을 차단한 나에게 전화하는 걸 보면 그에게는 외롭게 살 업이 돌아간 듯했다. 또 어떤 이는 나와 헤어지자마자 1년도 채 안 되어 다른 여자와 결혼했는데(나중에 알게 된 사실이지만 나와 만나던 도중 여자를 만났다). 그 과정에서 꽤 수모도 많이 당한 모양이다. 그에게는 배우자와 평탄하게 살아갈 업을 허락하지 않은 듯했다. 물론 이 과정에서 내가 한 것은 아무것도 없었다. 그 당시의 나는 배신감에 어떻게든 복수하고 싶어했다. 그러나 이내 나의 감정을 더 이상 부정적으로 소모하지 말자란 생각으로 그들이 준 상처를 온몸으로 받아냈다. 그저 내가 성장하기만을 기도하면서 말이다. 숨이 막히게 아름다운 사진전에서 본 그 문구 하나로 나는 내가 그들에게 아무것도 하지 않은 것이 옳았다는 것을 깨달았다.

다른 이에게 쉽게 상처 준 사람이 자신의 삶을 올바르게 살아갈 리 없다. 그들은 남을 존중할 줄 모르며 사랑하는 사람에게 감사할 줄 모르는 안타까운 사람들이기 때문이다. 어떠한 일에는 어떠한 형태로든 결과가 따라오게 되어 있다. 이는 남녀 사이의 문제에만 국한되는 것이 아니다. 타인에게 상처를 준 사람들은 살아가며 어떠한 형태로든 그 상처를 되돌려 받게 되어 있다. 그러니 우리 또한 그들과 똑같이 나쁜 업을 쌓을 이유도 없다. 당연히 배신감에, 아픔에, 증오에 부글부글 끓어 밤새 잠들 수 없어도 부정적인 감정으로 우리를 망칠 이유가 없다. 당신이 무얼 하지 않아도 사랑을 소중하게 여길 줄 모르는 그들은 언젠간 자신이 쌓은 업보를 되돌려 받을 것이다. 그러니 당신은 당신의 삶을 살아야 한다. 그들이 남겨 준 감정의 찌꺼기로 힘들어하는 것은 이제 그만하자. 상처를 준 그들을 용서하라는 소리도 아니다. 용서하지 않아도 된다. 그저 지난 일은 훌훌 털어버리고 다시 올바른 길을 찾아 걸어갔으면 한다. 그렇게 걷다 보면 어느 순간 그 나빴던 경험을 밑거름 삼아 더 성장해 있을 당신을 만나게 될 것이다. 다시 다정한 사랑을 하게 될 당신을 위해 당신의 카르마를 더럽히지는 말자. 어느 순간 당신의 선한 카르마에 응답할 결과가 반드시 올 것이다. 우리는 고래를 만날 수 있다.

과거의 망령들

　많은 사람들이 헤어진 이후에도 전 연인에게서 오랫동안 벗어나지 못하고는 합니다. 저 역시 그랬죠. 과거의 연인들이 누굴 만나고 있는지, 나없이 잘살고 있는지, 내 생각을 하지는 않은지. 그들의 메신저 상태 메시지와 프로필 사진을 눌러보며 체크하면서도 SNS 속 그의 사진에 '좋아요'를 누르지 않도록 엄지를 조심, 또 조심하며 말입니다. 다시 만나고 싶다는 미련보다 상대가 나만큼 힘들어하길 바라며 약간은 속 좁은 생각으로 말이죠. 저는 전 연인들을 독특하게 부릅니다. 바로 '과거의 망령들'이라고요. 국어사전에 의하면 망

령이란,

　[명사] 1. 죽은 사람의 영혼. 2. 혐오스러운 과거의
잔재를 비유적으로 이르는 말.

이라고 합니다. 저는 이중 후자에 빗대어 말하곤 합니
다(사실 혐오스러울 정도로 나쁘게 생각하지는 않습니다. 피하고 싶
은 건 맞지만요). 우리는 유독 과거에 집착하는 경향이 있
습니다. 미래는 그저 막연하기만 한데 과거는 너무나
선명하게 경험한 일이라 그런지 쉽게 놓지 못하죠. 그
러나 앞으로 나아가기 위해서는 과거의 망령들을 과감
하게 무시할 필요가 있습니다.

　사실 과거의 망령들을 다시 만난다고 해서 그 관계가
돈독해질 가능성은 매우 드물 수밖에 없습니다. 한 번
떠난 마음은 다시 가까워지기 어렵고 이미 서로의 단점
을 너무나도 잘 알기에 우리 눈에는 계속 그 단점만 보
이게 되니까요. 재회한 시점부터는 단점을 상대가 고
쳤는지에 집중할 뿐 그 사람의 장점 따위는 눈에 들어
오지 않는 거죠. 다시 만나게 되는 순간, 우리는 불안한
관계를 억지로 끌고 갈 뿐입니다. 어차피 떠나갈 인연

은 무슨 짓을 해도 떠나가게 돼 있고, 이어질 인연은 내가 뭘 하지 않아도 이어지게 돼 있습니다.

그러니 과거의 망령들에게 굳이 집착할 필요가 없다는 겁니다. 그 사람이 잘 살거나 못 살거나, 내 생각을 하거나 안 하거나 그건 중요한 사실이 아니니까요. 자꾸만 뒤를 돌아보면 앞을 볼 수 없습니다. 과거의 사람들에게 매달리면 새로운 인연을 놓치게 된다는 말입니다. 저는 이 글을 읽는 당신이 계속 과거에 있지 않았으면 좋겠습니다. 과거의 사랑을 통해 똑같은 실수를 하지 않는 경험을 쌓았고 그 덕에 우리에겐 잘못된 상황을 피해 갈 수 있는 노련함이 생겼으니 말입니다. 정말 사랑에 빠진 사람의 눈빛이 어떤지, 그 다정함의 말투가 어떤 것인지 이제 우리는 잘 알지 않던가요. 당신이 보았던 그 사람의 마지막 눈빛과 냉정함을 기억해보세요. 제가 당신의 전 연인을 잘 알 수는 없습니다만, 그 마지막 눈빛이 매섭기만 했다면 그 관계는 다시 이어간다 한들 상처뿐 일 것입니다. 그러니 우리 더 이상 과거의 망령들에게 집착하지 말았으면 합니다. 그들에게서 벗어나세요. 당신이 망령들에게 벗어나는 순간, 그들은 당신의 행복한 미래에 어떠한 영향도 끼칠 수 없습니다.

Dear my friend

무엇이 두렵고 무서운가요? 아닙니다. 말하지 마세
요. 제가 맞춰보겠습니다. 지금 당신은 헤어진 연인 없
이 보낼 그 새벽의 고독함이 두려운 거겠죠. 누구도 찾
지 않아 조용한 핸드폰을 보면서 느낄 외로움, 누구에
게도 사랑받지 못하는 존재가 된 것 같은 생각에 밀려
오는 초라함. 행여나 그 사람이 나를 보고 싶어 하지 않
을까, 하는 미련. 이런 게 두려운 것 아닌가요?

당신을 나무라는 것이 아닙니다. 저는 그 기분을 너
무 잘 알고 있습니다. 사랑하는 연인을 떠나보내고 난

뒤에 느껴지는 그 어두침침한 기분은 무엇을 해도 잘 떼어지지 않더란 말이죠. 평소 좋아하던 음식을 먹어도 모래를 씹는 것처럼 텁텁하고 손끝에 살짝 묻어있는 초콜릿을 핥아 먹어도 단맛이 나는지, 쓴맛이 나는지 알지 못했습니다. 내 인생에서 그 사람 하나 빠졌을 뿐인데, 왜 수십 개의 나사가 빠진 사람처럼 삐거덕거리느냐, 그 답답함 말입니다.

감히 제가 당신을 위로해 보겠습니다. 우선 당신은 그 사람에게만 유일하게 사랑받을 수 있는 존재가 아닙니다. 떠나간 그 사람이 아니더라도 당신을 사랑하고 아끼는 사람이 많다는 말입니다. 행여 울적한 마음에 전화를 걸어보려 핸드폰을 뒤적거리다 마땅히 한풀이할 사람이 없다고 혼자라 생각하지 마세요. 어쩌면 그들은 당신의 전화를 기다리고 있을지도 모르니까요. 우는소리 해주기를 원하고 있을지도, 다시 만날 그날을 고대하고 있을지도 모른단 말입니다.

그리고 또 하나, 당신의 이야기를 기다리는 한 사람이 더 있습니다. 그건 바로 당신 자신입니다. 고독하게 쭈그려 앉아 울고 있는 당신을 가만히 내려다보세요. 눈물이 맺혀 유난히 더 맑게 빛나는 두 눈과 약간 상기된 볼, 가만히 두실 건가요? 어서 가서 안아주세요. 그리고 토닥여 주세요. 괜찮다고, 그 사람 없이도 나는 나의 존재만으로도 소중하다고. 내가 널 너무 사랑한다고 말입니다. 사랑해, 혼자 두어 미안해, 라고요.

From. Your friend

헤어지지 못하는 남자 떠나가지 못하는 여자

〈헤어지지 못하는 남자 떠나가지 못하는 여자〉라는 제목의 노래가 있다. 어릴 때 발매한 곡이라 가사 내용은 하나도 기억에 남지 않지만 그저 좋아했던 여가수가 뮤직비디오에 나왔던 것만은 기억한다. 최근 학창 시절 들었던 음악이 듣고 싶어 시대별 차트를 듣다가 우연히 이 노래가 나왔다. 도통 따라 부를 수 없어가사를 찾아봤는데 어른이 되고 난 지금에서야 이 가사가 나를 울렸다.

유난히 끝이 잘 보이는 연애가 있다. 물론 누구나 다

들 결혼만을 생각하고 연애를 시작하지는 않겠지만 사랑하는 도중 '아, 이 연애는 무조건 끝이 나겠구나.' 하는 직감이 드는 연애. 누가 더 잘한다고 완성될 것 같지 않은 그런 사랑. 그러나 어느 누구도 끝을 알아차린다고 해서 바로 헤어지기란 쉽지 않다. 특히나 누구의 잘못으로 인한 게 아니라면, 그저 현실이나 상황이 이 연애의 끝을 만들어냈다면 더더욱 이별을 부정하고 싶을 것이다. 그저 상처를 조금 덜 받기 위해 상대를 곁에 두고 홀로 정을 떼는 시간을 가질 뿐, 그런다고 사실 이별이 안 아플 리도 없다. 마냥 헤어지지도 못하고, 상대는 그런 모습을 알면서도 떠나가지 못하는 상황인 것이다. 상대도 모를 리 없다.

'사랑은 이별과 한 패', 맞다. 님에서 남이 되는 것도 점 하나의 차이이듯 언제나 연애는 끝날 준비가 되어 있다. 사실 생각해 보면 한 번의 연애로 결혼까지 하게 될 확률은 극히 낮지 않은가. 일반적으로 사랑의 결말은 이별일 확률이 더 높다. 그러니 우리가 몇 번의 아픈 이별을 겪어내는 것도, 떠나보내야 하는 사람이 계속 생기는 것도 당연하다. 버린다고 버려지고, 얻고 싶다고 얻어지는 게 사랑이면 참 좋을 텐데. 그러나 사랑은 언제나 쉽지 않다. 단 한 번도 쉬워 본 적이 없다. 어쩌면 세상에서 가장 어려운 감정이 사랑일지도 모른다.

결국 우리는 어떠한 결론에 다다를 때까지는 이별을 계속 맛봐야 한다. 나뿐만 아니라 어느 누구나 말이다. 그러니 다가올 이별을 두려워하지 말자. 나 홀로 애쓴다고 완성되지 않을 사랑을 붙잡고 울지도 말자. 사랑인지 미련인지 모를 것에 대답하기 어렵다면 차라리 사랑이 아니라고 생각하자. 과감하게 보내주자. 당연한 말이지만 보내야 행복한 사랑이 찾아올 수 있다. 이별이 눈앞에 다가와 있음을 감지했다면 시간 끌지 말자. 용기를 내야 내가 덜 아프다는 걸 잊지 않았으면 한다.

영원하지 않은 것의 위로

'세상에 변하지 않는 것은 없어.'

영원한 것은 아무것도 없다는 그 슬픈 말이 위로가 될 때가 있다. 그 어떤 것도 변하지 않고 영원히 남을 수 없다는 말. 하얀 도화지 같던 피부에 연필로 그은 듯 생기는 주름과 하나둘 연락이 닿지 않는 이들, 집 앞 사라지는 단골집. 사랑 하나만으로 내 인생을 바칠 수 있을 것 같았던 어렸던 날들과 이제는 나를 돌보기에도 너무 벅찬 하루들. 속절없이 흐르는 시간 속에서 내 마음 하나도 온전히 지켜내기 어려운데 하물며 타인의 사

랑이 어찌 한결같을 수 있을까. 소중했던 것들이 어찌
당연할 거라 생각했을까. 가끔은 변하지 않으려고 애쓰
는 것이 더 어려울 때도 있다. 변하는 것이 꼭 나를 퇴보
시키는 것을 말하는 것은 아닌데. 어쩌면 변한다는 것
은 새로운 그 무언가를 만난다는 일. 한 뼘 더 자란 나
를 발견하는 일, 내가 더 나아지는 길. 더 아름다운 사
랑을 할 수 있는 또 하나의 기회일지도 모른다. 그래서
일까. 영원한 것이 없다는 말은 때론 다음을 기약하는
우리에게 충분한 위로가 된다.

그대의 뒷모습을 따라간다고 한들

오뚝한 코와 도톰한 입술. 짧은 속눈썹과 길게 뻗은 눈꼬리. 나는 언제나 그대의 눈을 바라볼 수 있었다. 마디가 두꺼운 그대의 손을 잡고 걸을 때, 뜨뜻미지근한 입술에 나의 입을 맞출 때, 커피를 입에 흘려 넣는 그대를 바라볼 때. 그 어느 때도 그대의 뒷모습을 본 적이 없는 듯했다. 길을 걸을 때도 걸음이 빨랐던 것은 나였으니까.

그러던 그대가 내게 등을 보이며 걸어간다. 나는 주춤거리지만 끝내 따라갈 생각을 하지 못한다. 그대가 떠난 방향으로 간다고 한들 따라잡을 수나 있을까. 오히려 평생 뒤돌지 않을 그대 뒷모습이나 쫓지 않을까. 나는 걸음을 내딛지 않는다.

그 찰나의 순간을 지나니 후회하지 않게 되었다. 만일 그 찰나를 견디지 못하고 그대 뒷모습을 따라갔다면 나는 억겁의 시간을 후회하며 살았을지도 모를 일이다. 나를 버리고 가겠다는 사람의 뒷모습을 따라간다고 한들, 그 뒷모습을 돌린다고 한들 함께 몇 걸음이나 더 걸을 수 있었을까. 그러니 그 찰나를 견딘 내가 대견하다.

그대의 뒷모습이 보이지 않는다. 잘 보내었다. 나는 이제 떠나보내지 않을 사람을 기다리고 있다. 다른 영원을 기다린다.

시절인연

　그림을 그리시는 작가님을 만나고 온 밤. 사실 작가님과의 첫 교류는 배신한 전 남자 친구의 초상화를 맡기기 위함이었으나 이별 후에도 어떻게 연이 닿아 이메일을 통해 서로 소통하다가 비로소 처음 만나게 되었다. 과하지도 않고 모자라지도 않은 색감들로 채워진 작가님의 작업실. 따뜻함과 활발함이 가득 찬 공간은 생동감이 넘쳤다. 우리는 그곳에서 많은 이야기를 나눴다.

　우리는 너무 비슷한 사람이었다. 같은 나이와 비슷

한 나이 때의 동생, K-장녀, 그림을 그리는 사람과 음악을 하는 사람, 아팠던 20대. 눈물이 많은 점까지. 어떻게 이렇게까지 비슷하게 살아왔을까 싶을 정도였다. 덕분에 우리는 너무나도 많은 이야기들을 쉽게 쏟아냈고, 서로의 비슷한 아픔을 너무나도 잘 공감하였다. 작가님의 이야기에 내가 울고, 나의 이야기에 작가님이 눈물을 글썽거렸다. 작가님의 이야기에 가슴이 먹먹해 나는 듣는 동안 한숨을 깊게 내쉬기도 하고 나도 모르게 작가님의 하얀 손을 덥석 잡기도 했다.

나쁜 남자들에게 받았던 우리의 상처. 그 사람이 좋은 사람이 아닌 것을 지금은 너무나도 잘 알지만 그 당시에 우리는 그걸 분간하기 어려웠고, 너무 어렸다. 또한 겁이 많았던 우린 스스로를 돌볼 만큼 성숙하지 못했다. 그것을 서로 알기에 "그 당시에 왜 도망가지 못했어, 왜 피하지 못했어."와 같은 쓸모없는 질문 또한 하지 않았다. 그저 눈빛만으로도, 고갯짓만으로도 서로를 토닥이기에 충분했다. 서로를 위로하기에 많은 말은 필요하지 않았다.

작가님은 다행히 그 뒤 좋은 분을 만나 1년 반 전에 결혼했는데 남편분의 얘기를 듣는 동안 나는 상상만으로도 그분이 상냥하고 따뜻한 사람인 걸 알 수 있었다. 남편의 이야기를 하는 동안 작가님의 말에선 온기가 느껴졌다. 눈이 반짝거렸다.

"저도 정말 결혼 못 할 줄 알았어요. 주변 친구들도 다 너무 신기해해요."

시절인연. 모든 인연에는 오고 가는 시기가 있다고 한다. 나는 그 말을 이제야 믿게 되었다. 아, 그래. 그동안 내게서 떠나가야 할 사람들이 떠나간 것이구나. 그러니 와야 할 사람은 결국 오겠구나. 작가님과 서로 몇 번이나 고개를 끄덕거리며 그 말이 맞다고 공감했다.

그렇다. 우리는 혼자 살아갈 수 없기에 어쩔 수 없이 살면서 수십 번, 혹은 수백 번, 더 많게는 수천 번의 만남과 이별을 반복해야 한다. 아름다운 이별은 없기에 그 과정에서 크고 작은 상처를 받으면서 말이다. '다시는 사람을 믿지 말아야지, 다시는 사랑을 하지 말아야지, 다시는 정을 주지 말아야지.' 하며 다짐하지만 그 다짐이 무색하게 또다시 새로운 인연은 찾아온다. 그 안에서 보물처럼 발견한 소중한 인연이 나를 치유한다. 사람에게 받은 상처를 사람으로 치유한다는 말. 어쩌면 나를 떠나간 그 인연들이 있기에 앞으로 다가올 인연을 더욱 소중하게 여길 수 있는 것은 아닐까.

제2막

마주 보고 손을 매만져주세요

길고 뜨거웠던 여름이 지나간다

길고 뜨거웠던 여름이 지나간다. 선선한 가을바람이 살며시 손끝에 닿는다. 그래, 시간이 흐르는구나. 나의 시간은 평생 그때에 멈춰 있을 것만 같았는데, 결국은 흘러가는구나. 가만히 눈을 감는다. 나의 사랑은 항상 뜨거운 여름이었다. 그것은 꽤 뜨거워서 때론 화를 유발하기도 했다. 탈도 많았다. 얼마나 강렬했는지 자꾸만 소화를 못 하고 탈이 나곤 했다. 그러면 또 혼자 끙 끙 앓았다. 돌이켜보면 참 우습다.

사랑이 어찌 활활 타오르기만 할 수 있을까. 다가

갈 수 없을 만큼 큰불보다 잔잔하게 붉은빛을 띤 모닥
불 같은 사랑이 훨씬 따뜻하다. 큰불은 화를 입기 마련
이니까. 가만히 손을 펼쳐 타닥타닥 소리를 내는 모닥
불의 온기를 감싸 쥐어본다. 그제야 '아, 이게 사랑이구
나.' 하고 깨닫는다. 나는 나의 정성과 사랑을 몽땅 주
어야만 사랑인 줄로만 알았다. 내 몸이 다 녹을 때까지
뜨겁게 사랑해야만 사랑인 줄 알았다. 정작 남는 건 재
뿐인데, 나는 그래야만 하는 줄 알았다.

　상실의 슬픔에 끙끙 앓을 때면 주변에 전화를 건다.
그들의 목소리에는 따뜻한 온기가 느껴진다. 다시 가만
히 눈을 감고 미지근한 눈물을 흘린다. 핸드폰을 쥔 손
은 저려오는데, 사실은 마음이 더 저릿저릿하다. 그래
도 그들의 목소리를 들을 때면 웅크려 있던 마음 한구
석에서 다리 뻗는 소리가 들린다. 이상하게 등 뒤를 토
닥이는 느낌이 난다. 보이지 않는 그들의 표정이 보인
다. 눈빛에 걱정이 그득그득하다. 안심한다. 연애를 안
한다고 혼자인 것이 아니라, 나를 위로해 주는 어떤 이
도 없을 때 혼자인 것이다. 나는 지금 위로받고 있다.
혼자가 아니다.

연애를 하지 않는 나는 사랑받지 못한다고 느꼈다.
그래서 내가 사랑받을 수 있는 존재라는 것을 증명하고
싶어 안달 난 사람처럼 사랑할 상대를 찾아다녔다. 가
만히 생각해보면 나는 상실의 슬픔을 이겨낸 것이 아니
라 도망 다닌 것이었다. 이제는 이별을 정면으로 바라
보고 눈을 피하지 않는다. 떠나간 사람들의 등 뒤에서
숨죽여 울지 않는다. 두 팔을 뻗어서 스스로를 꼭 안아
본다. 소중하다, 소중해. 너무 소중해서 왈칵 눈물이 날
만큼 나는 소중한 존재이다.

아아, 무척이나 더웠던 여름이 지나간다.
포근한 가을이 올 테지.
그렇게 계절이 바뀌고, 나도 조금씩 변할 것이다.

마주 보고 손을 매만져주세요

　다음 연애를 시작하기 위해서는 적절한 공백기가 필요하다. 그러나 공백기를 무시한 채 다음 연애를 서두르는 사람들이 있다. 전 연인과 헤어지던 그날이 머릿속에서 채 지워지기도 전에 새로운 연애를 시작해버리는 사람들. 이런 사람들의 특징을 하나 꼽아보자면, 자기애가 부족하다는 것이다. 나의 인생인데 정작 1순위는 내가 아니라는 것이다. 1순위는 매번 바뀐다. 바로 현재 자신이 사랑하는 사람으로 말이다. 이들은 사랑받기 위해서는 뭐든지 한다. 상대방이 좋아하는 음식을 먹고, 상대가 원하는 스타일의 옷을 입고, 상대방이 좋아하는 말투를 쓴다. 또한, 그들이 듣는 음악을 들으며 그들의 속도에 맞춰 걷는다. 나 역시 그랬다. 먹지 못하는 버섯을 먹었고, 캐주얼했던 내 옷차림은 몸매를 드러내는 딱 붙는 옷으로 바뀌었고, 어쿠스틱한 감성을 좋아하던 나는 어느새 시끄러운 헤비메탈 음악을 듣고 있었다. 나는 언제나 그들의 속도에 내 걸음을 맞춰 걸었다.

　그러다 보니 나의 공간은 엉망이 되었다. 매치하기 어려운 옷들이 가득 찬 옷장과 장르가 뒤죽박죽 섞인 음악 플레이리스트, 내가 사랑했던 이들의 색깔이 얼룩덜룩 묻어 있었다. 정작 나는 내가 무엇을 좋아하는지 몰랐고 어떤 것에 편안함을 느끼는지 몰랐다. 사랑하는 상대가 바뀔 때마다 나도 그 사람의 이상형으로 바뀌어야 했다. 그것이 사랑받는 길이자, 배려라고 생각했다. 원래 사랑은 맞춰가는 거라고 했으니 나는 그 과정을 밟고 있는 것이라고 여겼다. 내가 100을 주고 상대는 1만 주기도 했다. 그래도 그 1로 사랑받고 있다고 스스로 위로했다. 연애를 할 때면 피곤하고 불안해하는 나 자신을 애써 모른 척했다. 그러다 '이 사람은 곧 내게 많은 사랑을 줄 거야.'라는 기대감을 덕지덕지 발라 놓고 홀로 실망하고는 했다. 결국 기대와 실망, 끊어질 수 없는 악순환이 계속 반복되었고 자존감이 바닥을 쳤다. 많이 사랑한 내가 바보였을까? 홀로 속상해하며 애끓는 밤이 늘어만 갔다.

　그러나 이제는 안다. 나 자신을 잃어가면서 사랑하는 것은 배려가 아니라 자기애의 남용이라는 것을. 자신을 사랑해야 하는 부분까지도 남을 사랑하는 것이다. 만나온 그들 때문이 아니더라도 사실 나는 나 자신을 사랑할 줄을 몰랐다. 마른 상체에 비해 통통한 하체, 작은 키, 툭 튀어나온 눈, 동그랗고 낮은 코부터 시작해서 나중엔 집안 환경까지 탓하고, 그러다가 결국은 내 존재를 부정했다. 나는 남에게 자랑할 만한 무언가가 없어 보였다. 내가 가진 건 아무것도 없다고 생각했다. 정작 내게 뭐라고 한 사람이 없음에도 나는 나 자신에게 자꾸만 나쁜 말을 했다. 그러나 만약 내가 사랑받을만한 무언가를 지니지 않았다면 여태 나는 그 어떤 사랑도 할 수 없었을 것이라는 것을 알고 있다. 그 상대가 누구든, 그 끝이 어쨌든 나는 사랑받을만한 사람이라 사랑했고, 사랑받아왔다.

우리는 자기 자신을 사랑하기 위해 스스로를 잘 알아
야 한다. 몸과 마음을 가꿔 나가야 한다. 남에게 사랑받
기 위해 나 자신을 가꾸자는 것이 아니다. 자기애가 없
는 사람들은 남에게 사랑받음으로써 자신의 존재를 인
정받고자 한다. 그 생각에서 벗어나기 위해 스스로를
가꾸며 자신을 사랑하라는 것이다. 남이 사랑하지 않아
도 내가 나 자신을 사랑하는 것. 그게 자기애의 시작이
자 끝이다. 물론 그 과정은 쉽지 않다. 나 역시 그랬으
니까. 시간도 오래 걸릴 것이다. 그러나 괜찮다. 얼마가
걸리든 당신은 당신 스스로를 정면으로 바라볼 필요가
있다. 상처투성이의 마음을 쓰다듬어 주고, 안으로 말
린 어깨를 펴주고, 굽은 등을 토닥여주자. 차가운 손을
매만져주자. 그리고 말해 주자, 나는 나를 사랑한다고.

연애 안 하면 뭐 해?

"연애 안 하면 외롭지 않겠어?"

"네가 연애를 안 한다고? 그럼 뭐 하게?"

연애를 하지 않기로 결심한 나에게 주변에서 많이들 하는 말이다. 그렇게 줄곧 연애만 하던 나였으니 솔로로 지낸다는 나의 결심이 지인들에게 참으로 신기하게 닿은 모양이다. 그래, 사실 나도 이런 내가 신기하니까 충분히 그럴 수 있겠다. 사람들은 내가 연애 대신 무엇을 하는지 굉장히 궁금해했다. 쉬는 날이면 항상 데이트 나가느라 바빴던 사람이 연애를 안 하면 혼자 뭐 하고 보낼지 궁금한 듯했다.

남들의 시선이나 걱정과는 달리 나는 굉장히 잘 지내고 있었다. 사실 처음에는 나도 내가 무엇을 하며 시간을 보내야 하는지 몰랐다. 혼자 있는 주말이면 시간이 더디게 갔다. 그동안 나는 무엇을 해야 혼자서도 즐거운지 생각해 본 적이 없었다. 그만큼 스스로에 대해 한참이나 무지했다. 연애하는 동안에 사랑하는 상대가 무슨 음식을 좋아하는지, 어떻게 시간을 보내고 싶어 하는지, 좋아하는 영화 장르는 무엇인지 죄다 알고 있으면서 정작 나에게는 관심이 없었다. 그래서 연애가 끝나고 난 뒤 나는 텅 비어버린 기분을 느낄 수밖에 없었다.

당장 내가 관심이 있는 것들을 찾아 나갔다.

1. 나는 운동을 좋아한다. 그러나 뛰는 운동은 힘들다(숨이 막히는 기분이 싫다). 기초 체력은 나쁘지 않으나 근력과 지구력이 부족하다. 그래서 친구와 뜬금없이 클라이밍을 배우기 시작했다. 마지막 돌을 잡았을 때의 뿌듯함과 매트 위로 폴짝 뛰어내릴 때의 쾌감이 굉장했

다. 물론 생소한 운동을 시작한 터라 모든 것이 쉽지 않았지만 벽을 오를 때면 아무 생각도 들지 않았다. 지루할 거라 생각했던 헬스도 나름 재밌었다. 스쿼트 40kg을 들게 되었을 때는 뿌듯함에 그만 헬스장에서 소리를 지를 뻔했다.

2. 나는 독서가 좋다. 너무 무거운 소설이나 한참 생각해야 하는 시집 말고 가볍게 읽을 수 있는 에세이를 읽기로 했다. 한 달에 에세이를 네 권 이상을 읽었다. 어떨 때는 출근 전에 카페에서 커피 한 잔을 즐기며 책을 읽었고, 퇴근 후와 주말에도 시간이 날 때마다 책을 읽기 시작했다. 책을 읽으며 그 작고 검은 글씨로부터 위로받기도 하고, 종이 너머의 작가와 대화를 나누기도 했다.

3. 제대로 글을 써보기로 했다. 음악을 전공한 나는 종종 멜로디에 가사를 쓰곤 했다. 가사를 쓸 땐 예쁜 낱말들만 모아서 쓰고 싶었다. 그러나 노래라는 건 가사만 만든다고 완성되는 게 아니다. 멜로디와 악기 구성, 편곡까지 생각해야 하니 오로지 글에만 집중할 수 없었

다. 안타깝지만 곡을 쓰며 느낀 것은 나는 작곡에 큰 재능이 없다는 것이었다. 가사로는 담을 수 있는 내용들이 많지 않다고 생각했다. 전달하고자 하는 말들이 멜로디에 맞추다 보니 자꾸만 사라졌다. 그래서 나는 틈틈이 가사 대신 받는 이가 없는 편지를 쓰곤 했는데(빈 폴더_Empty Folder라고 이름 지었다) 어느날 그 편지를 읽다가 제대로 한 번 에세이를 써보고 싶은 생각이 들었다. 가사에 다 담지 못한 낱말들을 엮어 나와 같은 아픔을 겪은 사람들에게 전하고 싶어졌다. 괜찮다고. 누구나 겪을 수 있는 일이라고, 말이다.

다른 사람을 사랑하는 것을 멈추니 그제야 내가 더 선명해지는 기분이었다. 그동안 사랑했던 사람들의 흔적이 잔뜩 묻어서 도통 내가 무슨 색을 가진 사람인지 전혀 알 수 없었는데, 혼자가 되니 점점 나의 색이 선명하게 빛을 발하는 느낌이었다. 옷장에는 내가 좋아하는 무채색의 옷들, 신발장에는 편하게 신을 수 있는 샌들과 운동화, 책상 위에는 내가 좋아하는 작가의 에세이, 내 음악 플레이리스트에는 재즈와 발라드. 그렇게 나는 점점 내가 되어가고 있었다.

이별하고 더욱 씩씩해졌다

처음 신경정신과라는 곳을 찾아가게 된 이유는 불면증 때문이었다. 어렸을 적부터 쉽게 잠들지 못하고 잠귀도 밝았다. 어른이 되고 나서 불면증은 더욱 심해져 꼬박 이틀 밤을 새우기도 했다. 신경정신과라는 곳은 두려웠던 나의 마음과는 달리 굉장히 차분하고 고요한 곳이었다. 생각보다 쉽게 털어낸 나의 고민들과 이어 진행된 간단한 테스트. 그 결과, 나의 잠들지 못하는 밤들은 예민한 성격 때문이 아닌 스트레스와 트라우마 때문이란 것을 알게 되었다. 그 후 나의 약에는 잠들기 위한 약뿐만이 아니라 우울증 약도 포함되었다. 그

약들을 삼킬 때면 나는 왠지 모르게 더욱 우울감을 느끼곤 했다. 우울증 환자라는 타이틀이 붙어버린 느낌이었다.

사실 연애를 하면서 나의 우울증은 더욱 심해졌다. 물론 모든 이유가 연애 때문은 아니겠지만 연애를 하지 않으면 홀로 시간을 보낼 수가 없었다. 외로웠다. 혼자 집에 있을 때면 핸드폰은 항상 곁에 있었다. 20대의 중후반, 성숙해질 줄 알았던 내 마음은 더 약해져 불안을 앓았다. 출근하려고 현관문을 닫고 나서면 집에 불이 날 것만 같았고, 지하철 계단을 내려갈 때면 발을 헛디뎌 데굴데굴 구를 것만 같았다. 모든 일엔 항상 최악을 먼저 생각했다. 그 뒤엔 공황장애가 찾아왔다. 눈물을 쏟아낼 때면 갑자기 숨을 쉬기 어려웠고 한참을 헉헉대며 울었다. 손발이 저리고 엄청난 오한이 찾아왔다. 한 번은 이별 후 재회하게 되었는데, 그 사람의 집으로 향하는 길에 공황장애가 찾아왔다. 그 사람이 사는 오피스텔 건물이 보이자 갑자기 발목이 모래주머니를 찬 것처럼 무거워지더니 걸을 수가 없었다. 땅이 45도 기울어 보였다. 그 사람이 언제 나에게 또다시 이별을 고

할지 모른다는 스트레스와 불안함이 만든 증상이었다.

그 후로도 어김없이 찾아오는 이별은 나를 계속 초췌하게 만들었다. 음식을 먹으면 바로 게워내곤 했다. 온몸이 갑자기 저릿한 느낌이 들거나, 심장이 어디 있는지 알 정도로 가슴 한쪽이 두근거리며 시렸다. 순식간에 이 넓은 세상에 나 혼자 버려진 기분이 들어서 나는 약을 먹고도 잠들 수가 없었다. 엄마에게 전화했다. 때로는 전문의보다 가까운 사람의 한마디가 큰 위로가 된다는 것을 깨달았다. 엄마는 성심성의껏 나를 위로해 주었다. 마치 어릴 적 내가 감기에 걸려 끙끙 앓아 누워있을 때처럼 열과 성을 다해 마음이 병든 나를 간호했다.

나는 일이 끝나자마자 막차를 타고 본가로 향했다. 도착했을 때는 새벽 두 시였다. 부모님은 터미널까지 나를 데리러 나오셨다. 저만치 승용차가 보이는데 갑자기 뒷좌석 문이 열리더니 할머니가 내리셨다. 우리 공주님 내려온다고 새벽 두 시까지 안 주무시고 같이 마중 나오신 것이었다. 왈칵 눈물을 쏟을 뻔했다. 나는 왜 사랑을 잘 알지도 모르는 타인에게서만 찾으려 한 걸까. 참사랑은 바로 내 곁에 있었는데. 나는 뒷 좌석에서 할머니의 무릎을 베고 누워 집으로 향했다. 할머니는 집에 가는 동안 내 머리카락과 얼굴을 계속 매만져 주셨다. 내가 왜 갑자기 내려왔는지 아무것도 모르는 할머니의 손이 마치 내 마음을 쓰다듬어 주는 것 같아서 참으로 따스했다.

나의 마음은 타인을 사랑할 때, 연애할 때만 쓰이는 것이 아니었다. 나를 사랑할 때도 쓰일 수 있었다. 가족들에게 나는 얼마나 사랑스러운 존재던가. 생판 모르는 남으로 인해 망가져 있는 나의 모습조차도 충분히 사랑해주는데, 내가 나를 이렇게 버려두어서는 안 되는 일이다. 나는 다시 가족에게 자랑스럽고, 한없이 사랑스러운 딸이 되기로 했다. 텅 빈 마음 안에 가족들의 사랑을 듬뿍 담아 서울로 올라오는 버스 안, 나는 옅게 미소를 지었다.

그 뒤에 다시 정신과를 방문했다. 의사 선생님은 요즘 어떠냐고 물었다. 나는 처음으로 "그냥 그래요."가 아니라 "괜찮아요."라고 대답했다. 내 대답에 선생님은 밝게 웃으며 말했다. 처음으로 기분이 좋아 보인다고. 전문가에게 나의 상태를 인정받은 느낌이었다. 기뻤다. 그래, 어느 누가 봐도 이제 정말 나는 괜찮아 보이는구나. 나는 정말로 괜찮아졌구나. 드디어 이겨냈구나.

나의 약은 현저히 줄었다. 잠을 못 자는 것은 아직 어쩔 수 없기에 병원을 계속 들러야겠지만 우울증 환자라는 타이틀은 점점 사라지고 있었다. 쓰러진 내 마음을 일으켜 준 존재는 사실 약도, 전문의도 아닌 진정한 사랑을 깨달은 나 자신이었다. 앞으로도 내 사랑의 상대는 계속 바뀌겠지만, 훗날 내가 누구를 사랑하든 그것과 관계없이 나는 나 자신을 계속 사랑해주기로 했다. 내게는 연애하는 상대가 없어도 나를 변함없이 사랑해주는 이들이 있다. 나는 언제까지나 사랑받는 존재일 것이다.

꼭 남자를 사랑해야 해?

저는 지금 남자를 사랑하고 싶지 않습니다. 동성에게 끌린다는 소리가 아닙니다. 저는 철저하게 이성애자입니다. 다만 '지금' 연애를 하고 싶지 않을 뿐입니다. 지금껏 제가 해온 연애는 장점보다 단점이 많았거든요. 저는 달콤한 말에 쉽게 유혹당했으며, 무관심에 깊게 베이고, 배신에 크게 아파했습니다. 제게 연애란 틈틈이 상처받으면서도, 말뿐인 사랑인 걸 알면서도 가까스로 지켜내야 하는 것이었습니다. 상실의 슬픔보다 외로움이 더 무서웠기 때문입니다.

물론 장점도 있었습니다. 연애를 통해 제가 타인에게 충분히 사랑받을 수 있는 존재라는 것도 깨달았고, 연애에 대한 올바른 가치관도 생겼으니까요. 무엇보다 사랑은 받는 것보다 주는 것이 많을 때 더 행복하다는 것도 알게 되었으니 말입니다. 그러나 저는 지금 연애하고 싶은 마음이 없습니다. 이러한 마음을 가지고 있을 때조차도 몇몇 이성이 제게 호감을 표시하곤 했습니다. 그러면 저는 저의 몸뚱이보다 더 큰 그들의 진심을 다 안을 수 없어서 매번 미안한 마음을 전해야 했습니다. 나의 친절이 상대에게는 상처가 되는 순간이었습니다. 남녀 간의 사랑이란 건 참 내 마음대로 되지 않는 법입니다.

꼭 남자를 사랑해야 할까요? 그냥 가족, 친구, 나의 하얀 고양이를 사랑하면 안 될까요? 가끔은 속상하게 하지만 언제든 제 편이 되어주는 부모님, 한없이 저를 사랑해주는 우리 할머니, 자유로운 영혼을 가진 어린 제 동생. 제게 모진 말로 상처 주며 떠나간 인연들이 아닌 그저 어떠한 말을 전하지 않아도 사랑을 느낄 수 있는, 그런 우리 가족을 더 사랑하고 싶어요.

저의 친구들은 어떻고요. 울고 있는 제게 입에 발린 위로보다 호되게 쓴소리를 해주는 친구들도 제 사랑의 대상입니다. 집 나간 제 정신을 제자리로 돌아오게 도와주고, 우울해하는 저를 보며 미리 찾아온 맛집에서 밥을 먹이고, 예쁜 카페에 들어가 인생샷이 나올 때까지 제 사진을 찍어주는 그들. 함께 사진을 찍으면서도 제가 너무 예뻐서 저만 보고 있었다고 말하는, 그런 친구들 말이에요.

제가 키우는 고양이는 또 어쩜 그리 사랑스러운지, 무려 품에 다정하게 안긴답니다. 제가 글을 쓸 때나 영화를 보고 있으면 다가와서 골골송을 부르며 품에 포옥 안기고 따뜻하게 눈을 맞춰주는 나의 고양이. 퇴근 후 힘겨운 발걸음을 하나둘 옮기며 집으로 들어서면 발소리를 듣고 미리 현관문 앞에 매일 마중 나와 있어요. 그리곤 저를 보며 기다렸다는 듯이 배를 내밀며 드러눕곤 하죠. 어느 순간 저의 삶에 갑자기 찾아와 하나의 큰 조각이 된 나의 고양이. 퇴근길이 외롭지 않은 따스한 이유입니다.

그러니까 저는 말이죠. 지금 연애를 안 하고 있을 뿐 충분히 다른 것들을 사랑하고 있습니다. 오히려 너무 많은 것들을 사랑해서 행여나 저의 사랑이 부족하지는 않을까 걱정입니다.

저, 남자를 사랑하지 않아도 되는 거 맞죠?

손잡고 걸어가는 커플이 부럽지 않다

언제부터였을까, 길에서 알콩달콩 손잡고 걸어가는 커플이 부럽지 않게 된 건. 나는 내 옆에 남자가 없다는 사실이 두렵지 않다. 물론 가끔 외로울 때도 있다. 서러움에 북받쳐 누군가의 품에서 엉엉 울고 싶은데 어느 누구도 곁에 부르지 못할 때. 눈물 흘리는 나를 안타깝게 바라보며 함께 울상 지어줄 누군가가 필요할 때. 결국 울지 못한 나는 쓴 약 먹듯 힘겹게 눈물을 삼킨다.

그래도 나는 그들이 부럽지 않다. 서로가 없으면 안된다는 듯이 죽고 못 사는 살가운 눈빛을 볼 때도 나는 아무렇지 않다. 내게도 사랑하는 존재들이 있기 때문이다. 나의 가족, 나의 친구, 나의 고양이. 그들도 나를 사랑해 준다. 그들의 눈빛에는 애정이 담겨 있다. 나는 그것을 안다.

이런 나에게도 호감을 표시하는 사람이 있었다. 고민 끝에 엄마에게 내 마음을 전했다. 연애할 마음이 생기지 않는다고. 그 사람이 싫어서가 아니라 그냥 연애라는 행위를 하고 싶지 않다고 말이다. 엄마는 괜찮다고 말했다. 연애하려고 애쓰지 말라고 했다. 결혼 적령기인 나이임에도 엄마는 내게 사랑하지 않아도 괜찮다고 말했다.

내가 한창 연애를 할 때만 해도 우리 가족은 내게 슬슬 결혼을 염두에 두고 사람을 만나라고 했었다. 혼자 있는 내가 걱정된다고, 좋은 사람을 만나서 가정을 꾸렸으면 좋겠다고 했다. 그러나 몇 번의 아픈 이별을 겪고 나서야 우리 가족은 내게 연애하지 않아도 된다고 말했다. 그것은 어쩌면 많이 지쳐있는 나에게 가족들이 전해 준 작은 위로였을지도 모른다.

얼마 전 화장실의 전구가 나갔다. 나는 부끄럽게도 오랜 기간 자취를 했음에도 내 손으로 전구를 갈아본 적이 없었다. 항상 나보다 키가 큰 연인들이 해주었기 때문이다. 그랬기에 내 손으로 전구를 가는 건 홀로서기의 아주 작은 시작이었다. 나는 짐이 가득 들어 있는 무거운 화장대 의자를 번쩍 들어 화장실로 옮겼다. 그리곤 그 위에 올라가 전등을 살살 돌려 제거하고 전구를 뺐다. 와트 수를 헷갈릴 수도 있으니 사진을 찍었다. 마트에 들어가 실수하지 않으려 5분을 전구 진열대 앞에서 씨름했다. 몇천 원짜리 전구를 하나 사 들고 와서는 중심을 잃지 않으려 부들부들하며 의자 위로 다시 올랐다. 전구를 조심스럽게 돌려 끼우고 불을 켜니 밝아졌다. 기분이 좋았다. 과정은 조금 거추장스러워도 이런 사소한 것쯤이야 혼자서도 할 줄 안다는 사실에, 정말이지 별거 아닌 이 사실에 뿌듯했다.

혼자 무언가를 해나갈 수 있다는 사실 하나만으로도 나는 외롭거나 슬프지 않았다. 열렬히 사랑하고 있는 그들을 부러워할 필요도 없었다. 지금 이 순간만큼은 연애하는 것보다 혼자 나를 채워가는 과정이 더 큰

기쁨이니 말이다.

홀로, 솔로의 장점

이렇게나 시국이 안 좋은 때에 나는 내가 원하는 직종으로 이직하기 위해 위험을 무릅쓰고 퇴사를 감행했다. 다행히도 퇴사한 지 한 달 만에 면접을 4번이나 보게 되었다. 가족과 친구들의 축하를 받으니 기분이 꽤 좋았다. 면접 준비와 공부에 지치기는 했어도 나는 충분히 같이 일하고 싶은 사람이라는 인정을 받은 것 같아 기뻤다. 그동안 체력을 갈아 넣으며 경력을 쌓은 보람이 있었다. 나와 똑같이 취업을 준비하는 친구와 통화하다가 "우리는 아직 연애할 때가 아니야."라는 친구의 우스갯소리에 나는 고개를 끄덕이며 동의했다.

나는 생각보다 자존심이 센 사람이었다. 그러나 자기애는 그다지 강하지 못했다. 남자 친구보다 뛰어나고 싶어 했고, 열심히 살고 싶어 했다. 몇 년 전 한 번은 몸이 안 좋아 퇴사를 했는데 그 후 취직이 쉽지 않아 생각보다 취업 준비 기간이 길어진 적이 있었다. 그때 내 자존감이 바닥을 치기 시작했다. 일을 하며 돈을 벌고 있는 당시 남자친구에게 열등감을 느낀 것이다. 데이트를 할 때 비용을 더 많이 내는 남자친구의 배려는 나를 점점 죄스럽게 만들었고, 취업 준비가 길어질수록 남자친구 역시 내게 조금씩 부담을 느끼는 듯했다.

취업 준비를 하면서 내 몸과 마음은 지쳐가는데 상대방에게 있는 그대로를 다 말할 순 없었다. 나는 돈을 버는 그를 부러워하고, 그는 쉬고 있는 나를 부러워했다. 나는 취업 때문에 고민이 많았으나 반대로 그는 회사 생활로 인한 고민과 스트레스가 많았다. 그러니 내가 그를 부럽다고 말하는 순간 그 역시 나를 부럽다고 말할 것이 분명했고, 우리는 감정이 미묘하게 틀어질 것을 알았다. 그래서 말하지 않았다. 상황이 달라지니 나도, 그도 서로에게 어느 순간 입을 다물기 시작했다.

아직 준비를 하고 있는 지금, 혼자인 게 다행이지 싶다. 분명 연애를 하고 있었다면 또다시 나는 열등감을 느끼며 상대방의 눈치를 보고 있을지도 모르기 때문이다. 비교 대상이 없음에 감사한 것이 아니라, 나를 미워하거나 다그치지 않을 수 있음에 감사한 것이다. 또한 홀로 지내며 가장 좋은 것은 내가 가진 모든 것을 나를 위해 투자할 수 있다는 점이다. 더 나은 나를 위해 비용을 투자하고 시간을 소비할 수 있다는 것. 나의 감정과 자존심을 지킬 수 있다는 것. 여유 있게 나를 사랑할 시간을 가질 수 있다는 것이 얼마나 값진 일인지. 나는 나를 온전히 사랑하기엔 아직 멀었다. 나의 짧은 다리와 조금씩 나는 흰머리마저 사랑하진 못했기 때문이다. 그렇지만 나는 홀로, 솔로를 즐기고 있다.

나를 사랑하기 위해 알아 두어야 할 것
ver. 1

지나가는 바람에 오래 흔들리지 말 것.

유연하게 흔들릴 것.

바람은 언제나 지나갈 뿐.

머물지 않는다는 것을 기억할 것.

내가 할 수 있는 것을 다른 이에게 의지하지 말 것.

스스로 해보며 성취감을 느낄 줄 알 것.

해냈을 땐 아낌없이 자신을 칭찬할 것.

좋아하는 것이 무엇인지 정확히 알아 둘 것.

좋아하는 음악이나 영화의 장르, 맛있어했던 음식,
즐겨 입던 옷의 스타일 등
자신의 취향을 잊어버리지 말 것.
남이 아닌 자신이 좋아하는 것이
스스로를 웃게 한다는 것을 잊지 말 것.

감정의 정리가 필요할 때는 말이나 글 등으로
어떻게든 표현할 것.
어떤 상황에서도 자신의 감정을 부정하지 말 것.

곁에는 언제나 사랑하는 사람들이 많다는 것을
잊지 말 것.
연애를 통한 사랑만이 내가 사랑받는 방식이
아님을 인식할 것.

취미를 만들 것.
그림을 빙자한 낙서나 영화를 보는 일,
생산적인 것이 아니어도 좋으니
충분히 즐거워 할 수 있는 시간을 만들 것.
홀로 있어도 즐겁게 보낼 수 있는 것들을 찾을 것.

나 자신은 이 세상에 유일한 존재임을 잊지 말 것.

행복할 것.

할머니가 결혼하래요

저는 비혼주의자입니다. 뭐, 앞으로 상황이 어떻게 바뀔지는 모르겠지만 아직까지는 그렇습니다. 몇 번의 이별을 경험하며 마음에 피눈물이 흐를 때도 있었고 때때로 스스로를 산산조각 내기도 했습니다. 그러면서도 저는 어느 누군가가 이런 슬픔에서 저를 구원해줄 거라고 믿어왔습니다. 저 역시 제가 사랑하는 사람의 모든 것을 보듬으며 살아갈 거라고 생각했습니다. 그러나 그건 어린 날의 저의 자만심이었습니다. 그때는 몰랐습니다. 서로가 서로의 구원자가 되는, 서로의 결점을 보듬어주는 완전한 사랑을 이루기 위해서는 우선 홀로 일어설 수 있어야 한다는 사실을요. 그 사실을 알기까지 저는 너무 오랜 시간 길을 잃었습니다.

어릴 적 연애할 때는 가족들에게 연애한다는 사실을 숨겼습니다. 그러다 점점 결혼 적령기가 다가오니 '이 사람과는 결혼할 수도 있지 않을까?' 하는 마음에 가족들에게 연애 사실을 알리곤 했습니다. 그때의 저는 순간의 설렘만으로 결혼을 쉽게 생각했던 것 같습니다. 참으로 부끄러운 일이 아닐 수 없습니다.

고백하건대 저는 사별도 해보았고, 세 번의 배신을 당하기도 했습니다. 제 지난 연애에는 미워할 수 없는 한 사람과 미워해봤자 의미 없는 세 사람이 있습니다. 그 과정에서 가장 크게 다친 건 안타깝게도 바로 저 자신이었습니다. 그들에게 저의 20대의 시간과 마음을 몽땅 던져버렸습니다. 그날의 제가 너무 안쓰럽고 안타까워 가슴을 탕탕 치며 꽤 아프게 울었습니다. 그러나 아이러니하게도 그런 시간 속에서 저를 구해준 사람은 그 누구도 아닌 바로 저 자신이었습니다. 주변에서 전하는 따뜻하고 좋은 위로와 조언도 정작 제가 받아들이지 않고, 스스로 일어서지 않는다면 아무런 의미가 없다는 걸 어느샌가 깨달았습니다. 참으로 다행이지요. 스스로를 보듬지 않았다면 여전히 저는 눈을 감고 귀를 막으며 더 크게, 더 오래 울었을 테니까요.

앞으로 저는 저 자신을 사랑하고 소중히 아끼는 데 시간을 쓰기로 했습니다. 그러니 아직은 남을 사랑할 여유가 없습니다. 저는 아직 아물지 않은 상처를 안고 살아가고 있습니다. 억지로 광광대는 댄스음악을 들으며 하루를 시작하고, 한없이 우울한 음악을 들으며 하루를 마무리합니다. 어느 밤에는 눈물을 삼키는 저를 더욱 세게 안아줘야 하고요.

할머니는 제게 전화할 때마다 만나는 사람은 없는지 물으십니다. 그러면 저는 지금이 너무 행복하고 편하다고 대답합니다. 혼자 있어도 외롭지 않다고 말이죠. 그러지 말고 좋은 남자 만나서 결혼했으면 좋겠다는 할머니의 말에 저는 지금의 제가 얼마나 행복한지 표현하기 위해 더욱 밝게 말합니다.

"지금 나 되게 잘 지내! 혼자 있어도 너무 좋아, 할머니!"

결국 할머니가 우십니다. 무슨 일들이 있었는지 대충 엄마에게 들었다고 말입니다. 네 맘 다 안다며, 다시 사랑하는 것이 쉽지 않을 거 알지만, 그래도 좋은 사람 만나서 옆에 누군가가 있었으면 좋겠다고 말입니다. 저를 보살피는 사람이 있었으면 좋겠다는 말도 덧붙이십니다. 저는 대답했습니다. 나를 구원할 수 있는 사람은 오로지 나 자신이라고요.

맞아요. 언젠가 스스로를 온전히 사랑하는 날이 오면, 날카롭게 베어 핏방울이 맺힌 제 가슴에도 딱딱하게 딱지가 앉을 때면, 더 이상 아침에 댄스음악을 듣지 않아도 신이 나고 밤늦게 외로운 음악을 찾아 듣지 않는 그런 날이 오면 저도 다른 사람을 사랑할지도 모르겠습니다. 그러나 그때까지는 온전히 저 자신을 사랑하고 싶습니다. 토닥토닥 등을 두드려주고, 가만히 저를 안아주면서요. 아직은 그 누군가가 아닌 저를 위로하고 응원해 주고 싶습니다.

나는 내가 되어야지

몇 번의 비극적인 연애가 끝이 나면서 나는 점점 망가져 갔다. 내 머리는 저작운동을 원하지 않았고 배고픔에 음식을 입에 넣고 몇 번 씹을 때면 간신히 삼킨 것들을 토해냈다. 불면증은 날이 갈수록 심해졌다, 잠들기 전 어둠과 고요함이 무서워 이따금 밤을 새우기도 했다. 웃는데 울 것 같았다. 고개를 들면 이상하게 하늘이 멀게 보였다.

우울함, 이별은 우울을 늘 데리고 왔다. 차라리 지독한 슬픔이었으면 조금 나았을까. 그래서 며칠 펑펑 울고 나면 나았을까. 겪어보니 우울의 가장 큰 무서움은 바로 무기력함이었다. 그 어떤 것도 재미없고 무엇을 하고 싶지도 않았다. 나에겐 평화가 필요했다. 그러나 사랑했던 사람들을 떠나보낼 때면 나는 전쟁통 속에 길 잃은 아이가 되곤 했다. 나 빼고 다들 먹고 살기 위해 치열하게 살아가는 것 같았다. 그 분주한 사회 속에서 나는 홀로 도태되는 기분이었다. 그럼에도 굳이 무얼 하고 싶지는 않았다. 어느 순간 감정도 무뎌졌다. 크게 웃지도 않았고, 그렇다고 끅끅거리며 울지도 않았다.

그런 내가 정확히 어떤 계기로 우울을 빙자한 이별을 이겨내게 되었는지는 기억나지 않는다. 그저 나는 이곳 저곳 끄적일 뿐이었다. 어떤 날은 핸드폰 메모장에 한 줄의 문장으로 남기기도 하고, 어떤 날은 워드 파일에, 또 어떤 날은 인터넷에, 일기와 보낼 곳 없는 편지에. 나도 모르던 내 감정이 글자 위에서는 술술 피어올랐다. 검은 잉크만큼 감정이 선명해졌다.

그러다 한 번은 아크릴 물감으로 캔버스에 그림을 그리는 영상을 보게 되었다. 무작정 물감과 두 개의 붓,

캔버스를 샀다. 따라 그리고 싶지는 않았다. 따라 그린
다고 한들 잘 그릴 자신도 없었다. 미술의 '미'도 모르는
나는 무작정 물감을 짜서 캔버스에 처발랐다. 입으로
후후 불기도 하고 손가락으로 찍어 누르기도 했다. 붓
으로 휘날리기도 했다. 알 수 없는 추상화는 정확히 내
마음 같았다. 설명하지 않으면 모르는, 그러나 설명한
다고 해도 큰 의미는 없어 보이는 그런 그림들이었다.
우울함을 그 어떤 형태로든 표출하기 시작하면서 나는
이 우울감이 조금씩 가벼워지는 것을 느꼈다. 문득 내
가 무엇을 하고 있다는 사실에 놀라웠다.

그래, 맞아. 나는 결국 말하고 싶었어. 보여주고 싶었
어. 내 마음은 이렇게도 불투명하고 정리 하나 되지 않
았어. 나는 그 먼지 쌓인 창고 안에 드러누워 있어. 그
래도 나는 이것이 진짜 내가 되는 과정임을 알아. 무너
진 게 아니야. 그러니 나는 언제나 내가 되어야지. 이
우울함을 데리고서라도 말이야.

상흔이 주는 조언

어릴 때부터 저는 책을 좋아했습니다. 아빠의 말에 의하면(거짓말 같지만) 저는 아주 어린 나이부터 아빠가 옆에서 책을 읽으면 함께 두 시간씩 책을 읽었다고 합니다. 뭐, 지금도 쉬는 날이면 서점에 들러 책 한 권씩 사는 걸 보면 마냥 틀린 말 같진 않습니다. 요즘엔 글을 쓰기도 하니까요.

그런데 요즘은 이런 생각이 듭니다. 책은 '경험'보다는 '지식'을 얻는 데 더 도움이 되는 것 같다는 생각 말이죠. 아무리 좋은 책을 읽는다 한들 그것은 '지식'에 불

과한 느낌인지라, 머리로 이해할 수 있는 것이 매우 한정적인 것 같습니다. 그래서인지 책을 많이 읽어도 내용을 자주 잊어버리곤 합니다. 책에 '불이 뜨겁다.'라고 쓰여있어도 직접 겪어보지 않으면 뜨거움이 어떤 것인지 알 길이 없습니다. 직접 데이고 나서야 불을 조심하게 되는 것처럼 말입니다. 이것처럼 책으로 지식을 쌓아 똑똑해졌는지는 몰라도 결국 제게 필요한 건 경험이었습니다. 경험을 하고서야 면역이 생겼으니까요. 심장이 두근거리고 얼굴에 벌겋게 열이 올라야 사랑인 줄 알았고, 온몸의 피가 거꾸로 솟는 느낌을 받고서야 분노인 줄 알았습니다. 머릿속으로 단어를 나열할 시간도 없이 눈물부터 흘려야 이별인 줄 알았으며, 복근이 당길 정도로 웃어야 즐거움인 줄을 알았습니다.

삶과 죽음, 사랑과 이별, 건강과 고통. 저는 이제야 이 모든 것에 대해 새롭게 이해하려 하고 있습니다. 제가 사랑했던 사람들과 떠나보낸 사람들, 저를 떠나간 사람들과 저를 배신한 사람들, 모진 말을 해도 내 곁에 남는 사람들과 아무리 정을 나누어도 받지 않는 사람들. 몸이 으슬으슬할 때 감기약을 먹어두면 몸살이 오지 않는다는 것과 빈속에 비타민을 먹으면 속이 쓰리다는 것. 눈이 와서 얼어붙은 땅을 걸을 땐 투박하고 튼튼한 신발을 신어야 한다는 것. 계단을 오르내릴 땐 주머니에서 손을 빼고 걸어야 넘어지지 않는다는 것. 저는 이 모든 것을 전부 직접 겪어보고 나서야 알 수 있었습니다. 그리곤 다음번엔 다치지 않으려 주의할 줄 알게 되었습니다. 어느덧 제 마음속 상흔이 주는 조언이 들려왔습니다.

한때는 제게 왜 이런 시련을 주는 건가, 하는 마음에 하느님이 얼마나 미웠는지 모릅니다. 그러다가 하느님은 이런 나의 속마음마저 다 아실 분이라는 생각에 고개를 저으며 원망마저 꾹 삼켰습니다. 그러나 이제는 아닙니다. 시련을 겪은 사람만이 고요하고 단단한 내면을 가질 수 있다는 것을요. 시련을 겪고 나서야 제게도 면역이 생겨 다음을 대비할 줄 알게 되었습니다.

저는 여전히 불안하고, 우울하고, 외롭고, 억울합니다. 그러나 다음번엔 그동안 경험했던 일과 비슷한 일이 생겨도 전만큼 상처받진 않을 것 같습니다. 오래 아프지 않을 것 같습니다. 결국 시간은 흘러간다는 것, 이겨낼 힘이 아닌 버텨낼 힘이 제게 있다는 것, 당장은 알 수 없는 정답일지라도 끝끝내 정답은 분명히 있을 것이라는 것. 저는 혼자만의 힘으로는 살아갈 수 없기에 다른 이의 손을 잡고 서로 끌어가며 살아야 한다는 것. 저는 이제 덜 아플 준비가 되었습니다.

고요한 밤 거룩한 밤

참 고요합니다. 특히나 이번 겨울 크리스마스는 더욱 그렇습니다. 그동안 저는 늘 사람들과 북적북적한 겨울을 보냈습니다. 크리스마스가 되면 친구들과 만나 맛집을 찾아가거나 예쁜 카페에 들어가 트리 앞에서 사진을 찍곤 했습니다. 혹은 연인과 함께 푸드트럭이 잔뜩 즐비해 있는 축제에 가서 손을 오들오들 떨면서 이것저것 요리를 맛보았던 기억도 있네요. 12월의 마지막 날도 마찬가지였습니다. 제가 아직 소녀일 땐 학교 친구들과 매년 시청에서 모였습니다. 그곳에서 초대 가수의 노래를 듣고 무료로 나눠주는 어묵을 사이좋게 나

뉘 먹으며 제야의 종소리를 들었습니다. 제 겨울엔 항상 사람의 온기가 가득했습니다.

그러나 올해는 조금 다릅니다. 연인도 없고 친구를 만날 수도 없으니 올해의 겨울은 참으로 고요할 것 같습니다. 본가에 내려가고 싶은 마음이 간절한데 혹시나 그 떠들썩함 때문에 돌아오는 버스에서 눈물이라도 흘릴까 싶어 올해는 정말 조용히 보내기로 했습니다. 저의 어여쁜 고양이와 말이죠.

그렇다고 마냥 외롭지는 않습니다. 이제 저는 혼자 놀기의 달인이 되었거든요. 크리스마스 연휴 때 볼 영화와 드라마를 정해두었습니다. 감명 깊게 읽었던 책도 다시 읽을 거고요, 방 안에서 먹을 호두 파이와 간식거리도 잔뜩 사두었습니다. 벽 한쪽에는 꼬마전구를 크리스마스트리 모양으로 예쁘게 달아두기도 했고요.

사실 특별한 날이라고 생각하면 할수록 마음만 부풀어져서 기대를 채우기에 급급해지는 것 같습니다. 뭐랄까요, 특별한 날이니 평소보다 더 큰 선물 상자를 준

비해두어야만 하는 느낌입니다. 그러나 저는 큰 상자를 준비하고 싶지 않습니다. 조그마한 상자도 괜찮으니 예쁜 것을 머리맡에 두고 싶습니다. 그리고 그 안에 향기 나는 것들을 가득 채우고 싶습니다. 언젠가 열어보았을 때 잔향이 살포시 콧등에 내려앉는 그런 향기로운 것들 말입니다.

추억은 제가 어떻게 포장하느냐에 따라 다르게 기억됩니다. 아무리 좋은 추억이어도 제가 하찮게 생각하거나 나쁘게 기억한다면 그건 영원히 기억에 남기고 싶은 추억이 아닐 겁니다. 그러나 평범한 일상이라도 제가 기쁘게 기억한다면 그날은 제게 반짝이는 날로, 떠올릴수록 행복한 날로 남을 겁니다. 마치 어릴 적 듣던 캐럴처럼 말이에요.

특별한 날에 혼자라면 조금은 외로울지도 모릅니다. 그러나 눈에 보이는 것이 전부는 아닙니다. 멀리 떨어져 있어도 함께 이 시간을 기뻐할 가족과 친구들, 그 생각만으로도 마음이 몽글몽글해집니다. 그래도 언젠가 다시 웃으며 사랑하는 이와 크리스마스를 함께 보낸다면 너무나도 좋겠지요. 그때에는 사랑하는 사람과 커다란 트리 앞에서 손을 맞잡고 사진을 찍고 싶습니다. 눈이라도 내린다면 너무나도 낭만적일 것 같네요.

다들 메리 크리스마스.

아빠, 그리고 남자친구

　어릴 적 아빠는 제게 불안을 주는 존재였습니다. 술 냄새가 집 안을 가득 채우고 거센 언성이 오고 가는 새 벽이면 저는 떨려오는 입술을 꽉 깨물고 이불을 목까지 끌어당기고는 긴장감에 몸을 떨어야 했습니다. 다음 날 술에서 깬 아빠는 제게 다정함을 보이려 애썼지만 저는 미세하게 코를 찌르는 아빠의 술 냄새를 외면했습니다. 아빠는 전날 있었던 일들을 외면하는 듯했고요. 아빠가 제게 사랑을 줬을지언정 저는 그것을 사랑이라고 생각 해 본 적 없습니다. 어릴 적 저는 그렇게 시끄럽고 슬픈 새벽을 거의 매일 보내야 했습니다.

그래서였을까요. 사춘기가 왔을 때 저는 자연스러운 이성에 대한 호감을 부정하려고 노력했습니다. 그때 당시만 해도 제게 남자는 약간 두려운 존재였습니다. 그러다 고등학생 때 어렵게 시작한 첫 연애를 통해 '모든 남자가 우리 아빠와 똑같지 않다는 것'을 알게 되었습니다. 그것이 바로 연애중독의 시작이었습니다. 처음으로 받은 남자의 사랑과 보호, 애정. 저보다 큰 사람의 품속은 제게 너무 새롭고 귀한 것들이었으니까요. 제게 예쁜 말만 해주는 이성의 표현은 그야말로 새로운 세계였습니다. 그렇게 저는 아빠에게 받지 못했던 애정과 보호를 남자친구에게서 찾았습니다.

그러니 이별을 겪으면 더 아플 수밖에요. 아무것도 못 할 수밖에요. 그저 나 좋다면 따라갈 수밖에요. 어쩌면 제가 유난히 아픈 이별을 겪은 것은 스스로를 돌보지 못했기 때문일지도 모릅니다. 저는 늘 새롭게 만나는 이성에게 저를 떠맡겼으니까요. 어떠한 한 사람에게 특별한 존재가 되고 사랑받는다는 것으로 저를 증명하고 싶었는지도 모릅니다. '거봐, 나는 이렇게 사랑받을 수 있잖아.' 하고 말입니다.

결국 몇 번의 나쁜 이별을 겪고 나서는 마치 도를 터득한 것처럼 번뜩 떠오르게 되었습니다. 타인에게서 아빠에게 받지 못한 애정을 갈구하는 것, 그 전제 자체가 잘못된 것이라고 말입니다. 아빠라는 존재는 제게 대가 없이 무한한 애정을 줄 수 있는 하나뿐인 양육자父의 역할을 하는 사람입니다. 그러나 연인이라는 존재는 제게 대가 하나 없이 무한한 애정을 줄 이유가 없을뿐더러 양육자의 역할을 하는 사람도 아닙니다. 동등한 입장에서 서로를 보듬어주고 끌어주는 평행한 존재입니다. 애당초 이걸 알지 못했으니 제 연애관에 큰 문제가 있었다는 겁니다.

대부분 어릴 적 아빠에게 보호받지 못한 여성들이 더 많은 연애를 하고 연상의 남자를 만난다고 합니다. 아마 예전의 저와 같은 이유였을 겁니다. 그러나 이제 어릴 적의 나를 보내줘야 합니다. 혹시 당신도 저와 같은 경험이 있다면 숨죽여 방구석에서 울던 그 아이의 머리를 쓰다듬어 주세요. 그리고 이렇게 말해 주세요. "이제 너는 어른이야. 충분히 강해."라고 말이에요. 누군가에게 의지하지 않아도 해낼 수 있고, 지켜낼 수 있다고 말입니다. 그러니 누군가에게 기대고 싶은 존재에 머물지 말고, 스스로 더 강해질 수 있는 사람을 만나라고. 누군가에게 지킴을 받는 그런 가녀린 존재가 아니라, 너도 누군가의 마음을 충분히 지켜줄 수 있는 강한 존재라고, 말해 주세요. 이제 그만 그 아이를 놓아주세요.

어린 날의 당신에게

　가끔 어떤 사람들은 실의에 빠진 어린 날의 당신에게 이런 위로를 건네곤 한다. 아직 어려서 그래. 나중에 더 나이 먹으면 알게 돼. 그러나 때론 이 말이 위로가 아닌 또 다른 상처로 다가오곤 한다. 내가 살아온 시간과 겪어낸 아픔들을 부정하는 말이라서. 과연 당신이 어리숙해서 이런 일을 겪게 된 걸까. 어리기 때문에 나쁜 사람을 볼 줄 몰랐던 걸까. 아니다. 그저 당신은 운이 나빴던 거다. 나쁜 일은 나이가 많고 적음과 아무런 관계가 없다. 눈 밑 주름이 결코 나쁜 일을 막아줄 수 없다고 생각한다. 다만 그동안 겪은 경험들이 나쁜 일을 비켜 가도록 약간의 도움을 줄 뿐인 것이다.

주름의 개수로 단순히 현명함을 판단하는 것은 어리석은 일이다. 그렇다면 60대의 안타까운 보이스피싱 피해 사례나 자녀를 둔 40대 가장을 대상으로 한 대출 사기도 없어야 한다. 우리가 나쁜 일은 겪게 되는 것, 그리고 나쁜 사람은 만나는 것은 단순히 정말 운이 나빴을 뿐이며 그것을 걸러낼 경험이 부족했을 뿐일 것이다. 내가 직접 겪은 경험뿐 아니라 산전수전 다 겪은 부모님의 이야기, 또는 인터넷을 통해 보고 들은 것들까지 통틀어 말이다. 그러한 것들이 쌓이고 쌓여 나의 새로운 경험이 된다. 그러니까 우리는 그 경험이 아직 부족했을 뿐이었다.

그러니 지금 겪고 있는 그 일을 자기 탓으로 돌리지 말자. 그저 당신이 아직 겪지 못한 어떤 유형의 일이었다고 생각하자. 주변에서 듣도 보도 못한 유형의 사람이 내게 다가와 달콤한 말로 나를 꾀었고, 운이 나쁘게 내가 그 꼬임에 걸려들었다고 생각하자. 나를 더 단단하게 만들기 위한 경험치를 쌓는 과정이었다고 생각하며 털어 넘기자. 먼 훗날 눈가에 짙은 주름이 지어졌을 때, 그땐 알게 될 것이다. 지나고 보니 지금 겪는 그 일은 정말이지 아무것도 아니었다는 것을.

나는 들꽃입니다

나는 들에 허다하게 핀
들꽃입니다

어떤 날은
메마른 땅에서 허덕이기도 하고
또 어떤 날은
숨도 못 쉴 만큼 비가 내려
울컥울컥 토해내기도 합니다

들꽃이 아름다운 이유는

역경을 이겨내고
강하게 핀 까닭이라지요

그런데 그거 아십니까
그렇게 칭송받는 들꽃이지만
어느 누구도 사랑하는 이에게
들꽃을 다발로 선물하지 않습니다
그런 사람은 없습니다

들꽃은
그저 들꽃일 뿐입니다

넓디넓은 황량한 들판에서
온실 안 장미보다
더 많이 바람에 부대끼고
더 많이 울어야 하는

나는 그런 들꽃입니다

그러나 장미보다

난란한 햇빛을 받으며
어느 누군가의
조그마한 귓등에 걸리고픈

언젠가는 가장 가까이에서
통통 뛰는 심장소리를 듣고픈

나는 들꽃입니다

연애에서 연을 빼두기로 했다

나와 가까운 지인들은 나를 이렇게 묘사한다. 생긴 것과 다르게 엉뚱하며 어디로 튈지 모르겠다고(무표정일 땐 차가워 보이고 여성스럽게 생겼다고 한다. 하하). 지인들의 말 대로 내가 생각해도 나는 생각의 전환도 빠르고 호기심 도 굉장하다. 무언가에 홀려 구경하다가 일행을 놓치는 일도 다반사이고, '왜 굳은살로는 핸드폰 터치가 잘되 지 않을까.'와 같은 뜬금없는 생각으로 하루를 보내기 도 한다. 그 이유가 궁금해 찾아보다가 재밌어 보이는 것이 있으면 또 그 길로 길이 새고 마는 사람. 어느 순간 정신을 차리면 오일 파스텔을 구매하고 있고, 클라이밍

강습을 신청하고 있는 사람이 바로 나다.

한창 에세이를 쓰다가 문득 '연애'라는 단어의 어원이 궁금해져 검색해보았다. 한자를 보는 순간 머릿속에 느낌표가 번쩍 떠올랐다. 당연히 연애는 인연 연緣과 사랑 애愛가 합쳐진 단어라고 생각했는데, 알고 보니 그렇지 않았다. 연애의 '연'에서는 그리워할 연戀을 사용하고 있었다. 그리워할 연戀이라니! 이 한 글자가 왜 연애에 대한 모든 것을 말해주는 것 같은지. 괜히 아련하고 뭉클해졌다. 그리워하는 사랑, 사모하는 사랑. 적어도 국어사전에 쓰여 있던

[명사] 성적인 매력에 이끌려 서로 좋아하여 사귐.

이라는 연애의 의미보단 훨씬 쉽게 이해할 수 있더랬다. 그러니까 연애라는 것은 내 마음속에 두고두고 그리워할 사람이 생기는 것. 문득 이런 생각이 들었다. 과연 연애할 때 나는 그리워지는 사람이었던가, 아니면 항상 그리워만 하는 사람이었던가. 물론 모든 연애는 일방적일 수 없지만 그래도 나는 후자 쪽에 더 가깝지

않았을까 싶다. 오지 않는 연락에 전전긍긍하고 그의 사소한 말 한마디를 잠들기 전까지 가져가는 그런 그리움에 사무쳐있던 사람. 어느 순간 그리움에 설레는 것이 아니라 그리움에 괴로워하던 사람이 바로 나였다.

그래서 나는 연애에서 연戀을 잠시 빼두려 한다. 누군가를 그리워하는 시간보다 이제는 나를 사랑하는 시간을 가지며, 말 그대로 나는 사랑愛만 하는 사람이 되려고 한다. 그렇게 잠시 그리움이 담긴 연戀이라는 글자를 마음 한구석으로 깊숙이 밀어 넣었다.

그럴 거면 연애하지 마세요

연애와 관련된 에세이를 쓰다 보니 연애 상담도 자주 받는다. 보통 상담 주제는 긍정적인 것보다 안타까운 쪽에 기울어져 있다. 가스라이팅, 갑과 을이 되어버린 연애, 사랑했던 사람의 배신과 실망, 그럼에도 불구하고 정 때문에 혹은 외로움 때문에 이별을 선택하지 못하는 사람들.

나는 그런 사람들에게 이렇게 이야기하고 싶다. 그럴 거면 연애하지 말라고. 자신을 갉아먹으면서까지 해야 하는 연애란 없다고. 연애의 가장 기본은 내가 행복

해야 한다는 것이다. 그래야 연애다운 연애가 이루어
지니까. 그렇다고 이기적으로 굴라는 말이 아니다. 연
애를 하며 내가 만들어 낸 행복을 상대도 기꺼이 행복
이라 받아들일 때, 서로 그 순간을 주고받는 행복의 선
순환이 이어질 때 우리는 건강한 연애를 할 수 있다.

내가 매번 양보해야 하고 상대의 잘못이 어느 순간
내 잘못이 되어 있는 그런 연애는 할 필요가 없다. 사랑
할 때 계산적이면 안 된다고 하지만 나는 오히려 반대
로 생각한다. 사랑하기에 계산적이어야 한다. 어떤 선
물이나 금전적인 문제를 말하는 것이 아니다. 표현과
감정의 무게를 말하는 것이다. 상대가 나를 존중하지
않는, 내 쪽으로 현저히 마음의 추가 확 기울어버린 사
랑을 한다면 그건 사실상 연애가 아니다. 짝사랑이나
똑같다. 상대가 당신을 존중하지 않는다는 것은 슬프게
도 당신을 사랑하지 않는다는 것이다. 인간은 사랑하는
사람에겐 한없이 너그럽고 무해하기 마련이다. 그 사람
의 단점까지도 사랑할 정도로 말이다.

나는 나 자신을 지킬 필요가 있다. 그 누구로부터, 아

니 모든 것으로부터. 상처는 언젠가 시간이 지나면 아물지만 그 상처를 계속 건들고 베어버린다면 영영 나을 수 없다. 상대방이 나에게 계속 상처를 준다면, 그 사람을 떠나지 않는 이상 나는 그 모든 순간에 아파해야만 한다. 만일 당신이 아픈 사랑을 하고 있다면 더 큰 상처를 받기 전에 그 사람에게서 떠나야 한다. 그리고 상처가 아물기를 천천히 기도해야 한다. '자기애'라는 약을 발라주면서 말이다.

경험해보니 자기애가 충분할 때 진심으로 사랑해줄 수 있는 사람을 만날 확률이 더 높다. 자존감이 높을 때 그에 맞는 상대를 더욱 객관적으로 알아볼 수 있는 눈이 생기기 때문이다. 그런 사람들은 혼자 있는 시간을 즐길 줄 알기 때문에 나의 인생의 조각에 이 사람을 끼워봐도 괜찮은지 판단하는 능력이 생긴다.

자신을 충분히 사랑하자. 방법을 모른다면 일단 스스로에게 끊임없이 질문해보는 것이다. 좋아하는 음식이나 색깔, 음악이나 영화의 장르, 산과 바다 중 어떤 풍경이 더 좋은지와 같은 것들 말이다. 그렇게 스스로에 대해 하나둘 알아갈 때 새로운 사랑이 다가오면 확신이 생긴다. 상처받는 연애는 이제 그만 하자. 자신과의 연애도 꽤나 할만하다. 아니, 오히려 즐겁다고 느낄 것이다. 나 자신과는 상처 주며 싸울 일이 없기 때문이다.

나를 사랑하기 위해 알아 두어야 할 것
ver. 2

단점의 장점화

- 키가 작다   + 아담하다

- 코가 동그랗다   + 어려 보인다

- 창백하다   + 하얗다

- 감수성이 예민하다   + 타인의 이야기에 공감하는 능력이 탁월하다

- 목소리가 높아 시끄럽다   + 노래방에 가서 못 부르는 노래가 없다

- 술을 못 마신다   + 술값 아낄 수 있다

- 옷에 자꾸 뭘 흘린다   + 빨래를 자주 하니 방에 가습 효과가 좋다

- 호기심이 너무 많다   + 덕분에 재밌는 취미를 많이 찾았다

- 나쁜 남자를 많이 만났다   + 글을 쓰게 된 계기가 됐다

사람은 생각하기 나름이다. 그러니 여러분도 꼭 해 보시길 바란다. 조금 더 보태어 이야기하자면, 사실 단점이라고 생각하지 않는 것들도 구태여 적어보았다. 적다 보면 장점이 많은 자신을 발견하게 될 것이다. 생각보다 난 괜찮은 사람이다.

소리를 더하니 소음

가끔 그런 날이 있습니다. 유난히 소음이 거슬리는 날. 카페 안의 그라인더 돌아가는 소리나 고요한 집 안에서 들려오는 옆집의 세탁기 돌아가는 소리, 길을 걸을 때면 자꾸만 귀에 꽂히는 오토바이 소리와 같은 것. 평소에는 잘 신경 쓰이지 않던 소리들이 유난히 소음처럼 느껴져 미간을 찌푸리게 만드는 그런 날이 있습니다. 그런 날이면 귀에 이어폰을 꽂고 좋아하는 노래를 틀어 봅니다. 그러나 신나는 팝송을 틀어도 이상하게 음악에 집중되지 않습니다. 결국 잔잔한 발라드로 노래 분위기를 바꿔 봅니다. 그러나 여전히 소음에 음악이 더해져 귀가 예민해지는 기분이 듭니다. 이미 소음에 지친 귀는 뭘 들어도 나아지질 않습니다.

마음도 마찬가지일 때가 있습니다. 자꾸만 작은 일에 마음이 바스러지는 날, 무얼 해도 기분이 나아지지 않고 억지로 힘을 내는 내 모습에 더 진이 빠지는 날. 괜히 스스로를 토닥여보다가 '나는 여전히 약하구나.' 하며 내 탓을 하게 됩니다. 이런 날이면 헤어진 그 사람이 더 그리워집니다. 그래도 그건 잘해줬는데, 이건 이렇게 해줬는데. 미화되는 기억을 막아내질 못하고 이별을 후회하는 지경에 이릅니다. 자꾸만 작아지는 미움, 커져 버린 그리움. 괜히 답답하고 슬퍼집니다.

싫은 것을 부정해버리고 억지로 좋은 것을 덧칠한다고 그 감정이 모두 지워질까요? 지쳐있다는 것은 어쩌면 그것을 인정하고 쉴 타이밍이 필요하다는 사실을 말해주는 게 아닐까요? 귓가에 소음이 깔려있으면 그 위에 어떤 음악을 더한다 해도 나아지지 않습니다. 소음에 소리를 더하면 결국 소음이 됩니다. 마음 역시 마찬가지입니다. 지쳐버린 것을 억지로 일으켜 세운다고 바로 강해지는 것이 아닙니다. 우리는 보통 슬픔, 미움, 피곤 등의 감정을 외면하려 합니다. 그러나 때론 이러한 감정들을 있는 그대로 받아들이는 시간도 필요합니다. 미운 감정이 없으면 용서하는 법을 모르게 됩니다. 슬픈 감정을 모르면 아무리 행복한 일도 행복으로 느껴지지 않을 수 있습니다. 피곤함을 느껴야 휴식의 필요성을 알 수 있죠.

그러니 부정적인 감정을 억지로 바꾸려고 너무 애쓰지 마세요. 가끔은 지쳐있음을, 미워함을, 슬픔을 인정하고 느껴보세요. 슬픈 영화나 노래를 틀어 놓고 방 한구석에 앉아 휴지를 가져다 놓고 펑펑 울어보는 것도 방법입니다. 사랑하는 가족이나 친구에게 전화해 푸념도 늘어보고 혼자 캔맥주도 하나 사서 마셔보세요. 그렇게 부정적인 감정도 자연스럽게 여기고 느끼다 보면 어느 순간 힘을 내지 않아도 괜찮아져 있는 나를 발견할 수 있을 겁니다. 그러니 너무 힘내지 마세요. 가끔은 지쳐있어도 괜찮아요.

어여쁜 나를 보는 일

사실 내가 제일 부끄러워하는 칭찬은 외모에 대한 칭찬이다. 뭉툭하고 낮은 코와 툭 튀어나온 눈, 평균도 안되는 작은 키. 기억을 거슬러 올라가 보면 어릴 적 친척들이 '너는 코 어디 갔니?' 하고 놀렸던 일이나 '눈 튀어나올 것 같아.'라며 놀리던 짓궂은 친구들의 장난 때문이 아니었을까 싶다. 아무튼 그 때문에 나는 외적인 콤플렉스가 꽤 심했는데 사춘기 시절에는 거울 속 내가 보기 싫어서 포스트잇을 붙여 가려두기도 했다. 유행하던 핫팬츠도 위궤양으로 살이 42kg까지 빠졌던 21살이 되어서야 처음으로 입어봤다.

그런 나였으니 외모에 대한 칭찬을 들을 때면 상대의 마음을 왜곡해버렸다. 스스로를 못난이라고 더욱이 믿어버린 것이다. 후에는 외적인 요소뿐 아니라 가정환경과 애매한 노래 실력까지 스스로를 위축되게 만들었다. 그러던 내가 스스로를 어여쁘다고 생각하게 된 계기는 아이러니하게도 '사랑' 때문이었다. 여러 사람을 만나 사랑하고 상처받으면서 나를 잘 알게 되었기 때문이었다.

　　어떤 사람은 내게 "음악 하지 말고 공부해서 자격증을 따."라고 했고, "살 빼서 이런 옷 입어줘."라고 말하기도 했다. 참 무례한 말을 서슴없이 해댔다. 급기야는 "너네 집이 조금만 더 잘 살았으면 내가 푹 빠져 있었을 텐데."라는 망언도 했다. 그때는 마냥 어리고 한창 위축되어 있을 때라 그 사람에게 화내고 소리칠 용기도 없었다. 그러나 서른이 넘어가고 나름 부지런히 20대를 살아온 덕분인지 이제는 자신감이 생겼다. 어느 회사든 이직 때문에 걱정해 본 적은 없다. 큰돈은 못 모았어도 먹고 싶은 것 못 먹으며 살지는 않았다. 오히려 아팠던 대학생 시절을 본 사람들은 지금이 훨씬 보기 좋다며 안도했다. 또 새로운 사람을 만날 때면 "눈이 참 크고 예쁘시네요."라는 이야길 듣기도 했다. "아담해서 한 품에 쏙 들어와."라며 나의 작은 키를 좋아하는 사람을 만나기도 했고.

저마다 '나' 하나에 대해서도 이렇게 다른 관점인데 내가 굳이 나를 나쁘게 볼 필요가 있을까 싶었다. 그래서 그들의 칭찬을 모아 나는 나를 더 부각시켰다. 그리고 잘 웃었다. 나는 정말 잘 웃었다. 사람들이 나를 볼 때면 웃음이 참 많다며 기운이 난다고 했다. 내가 잘 웃을 수 있는 건 스스로에 대한 부정을 멈추고 나의 장점을 믿었기 때문이었다. 나를 못난 사람으로 만든 건 다름 아닌 나 자신이었다.

그래서 스물아홉의 어느 가을에는 프로필 촬영을 하러 갔다. 사진 찍는 건 좋아해도 찍히는 건 그다지 좋아하지 않았다. 셀카도 거의 안 찍는 편이었다. 왜? 나는 예쁘지 않으니까. 사진 속 내 얼굴을 보는 게 이상하고 어색했다. 그런 내가 스튜디오를 고르고 골라 예약을 하고 미용실에서 드라이까지 했다. 메이크업도 전문가에게 맡겼다. 다시는 오지 않을 20대의 마지막, 스물아홉을 아주 어여쁜 나로 남기고 싶었다.

물론 받아 든 사진 속 나는 내가 생각한 것보다 통통하고 피곤해 보였지만 그래도 꽤 어여쁜 모습이었다. 어쩌면 그건 내가 나를 사랑하고 있기 때문일지도 모르겠다. 원래 사랑하는 사람은 뭘 해도 예뻐 보인다고 하지 않는가! 이유가 뭐가 됐건 그날 어여쁜 나를 보는데, 기분이 참 몽글몽글했다. 나를 사랑하길 참 잘했다는 생각이 들었다.

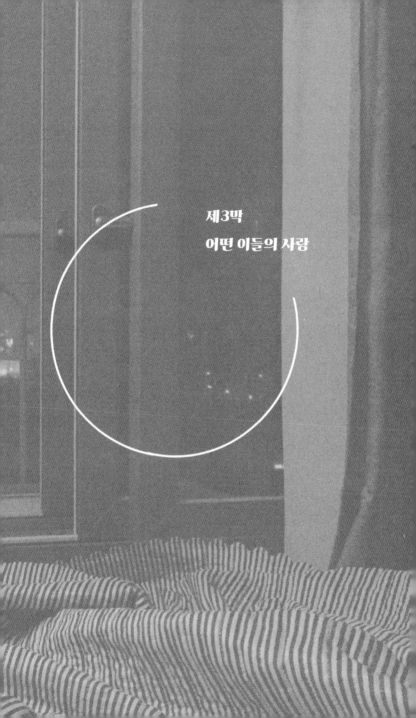

제3막

어떤 이들의 사랑

쉬지 않고 연애하던 모든 이들에게

나는 쉬지 않고 연애를 하던 사람이었다. 혼자 있는 걸 못 견뎌 했고, 누군가에게 항상 특별한 사람이기를 바랐고, 끊임없이 사랑을 갈구하던 사람이었다. 그래서 항상 누군가를 금방 만나기 일쑤였다. 그 사람에게 싫은 감정만 없다면, 작은 호감이라도 있다면 다가오는 사람을 막지 않는 타입이었다. 결국 나의 연애는 항상 똑같은 패턴으로 반복되었다. 모든 외로움을 연애로 충족시키려고 했고 그러다 헤어지면 또 다른 사랑을 찾아 헤맸다. 나를 돌볼 시간은 전혀 갖지 않았다.

그러다 보니 어느새 나의 온 마음에는 생채기가 나 있었고 감정은 전부 써버린 듯 소모되어 있었다. 그렇게 또 한 번 상처뿐인 연애를 끝내고 나서야 문득 정신이 들었다. 나는 너무 지쳐있었고 혼자 할 수 있는 것이 많지 않았다. 혼자 해본 적이 없었기 때문이었다. 그러나 나는 이미 어른이라 불릴 만큼의 나이가 되었고 마땅히 기댈 사람도 없었다. 그 사람 없이 보낼 날들, 지금 당장의 이 외로움은 어떻게 이겨내야 한단 말인가. 나는 앞으로 또다시 사랑받을 수 있을까. 나와 같은 연애 패턴을 가진 사람들이라면 대부분 이런 불안감을 느껴봤을 것이다.

이별하고 난 뒤 나는 다짜고짜 친구에게 전화를 걸었다. 나 헤어졌다고. 이제 누굴 만나 연애할 자신이 없다고. 나는 이제 누군가를 사랑하는 것에 지쳤다고. 오래간만에 받는 연락이 징징거림이라니. 친구 입장에서는 기분이 나쁠 법도 할 텐데, 그녀는 내 이야기를 진지하게 들어주었다. 충분한 위로도 해주었다. 그리곤 내게 물었다. "너는 근데 왜 맨날 연애해? 힘들지 않아?" 친구의 말에 나는 울먹이며 말했다. 혼자 못 견디겠다고 했다. 외롭고 사랑받고 싶다고 했다. 내 편이 있었으면 좋겠다고 했다. 그러자 친구는 진지하게 말했다. 나는 네 편이라고, 이제 네가 상처받지 않았으면 좋겠다고. 힘들면 낮이고 밤이고 전화하라고, 자긴 그동안 심심했다고. 그렇다. 내가 어리석은 고독에 빠져 있는 동안 꾸준히 내 생각을 해주던 사람이 이렇게나 가까이에 있었다.

물론 그 후로 그 친구는 내가 생각한 것만큼 연락이 잘 되진 않았지만, 내 생각을 해주는 사람이 있다는 사실만으로도 큰 위로가 되었다. 나는 그제야 주변이 보였다. 언제든지 나를 위로해주고 사랑해주는 사람들은 곁에 있었다. 내가 그들을 찾지 않았을 뿐. 그들은 항상 나를 기다리고 있었다. '혼자'라는 말은 언제를 하지 않는 상태를 뜻하는 게 아니었다. 진심으로 나를 위해 줄 사람이 없을 때 쓰는 말이었다. 그러니 나는 혼자가 아니었다.

어쩌면 나는 쉬지 않고 연애했기 때문에 남들보다 더 많이 상처받았을지도 모른다. 내가 잠시라도 나를 위한 시간을 가졌다면 그동안은 적어도 연애로 인한 상처는 받지 않았을 것이다. 우리는 가족과 친구보다도 연인에게 더 자주 상처받곤 한다. 연애를 한다는 건 사랑하는 것만큼이나 서로에게 상처를 주고받는 일이기도 하기 때문에. 나처럼 쉬지 않고 연애하는 모든 사람들에게 전해주고 싶다. 당신은 혼자가 아니라고. 힘겨운 연애를 하고 있다면 이제 그만 용기 내서 그 사람을 끊어버리라고. 그 비어버린 손을 바로 잡아주는 사람들이 당신 주변에 분명히 존재한다고 말이다.

눈을 감고 사랑을 말하다

    나는 사랑을 하는 일이 무척이나 쉬웠다. 내게만 보여주는 그 온화한 미소를 믿고, 내 허리를 감싸는 따뜻한 손길을 기꺼이 거두며, 내 귓가에 달콤하게 속삭이는 사랑을 느꼈다. 내가 세상에서 제일 따뜻한 사람이 된 것 같았다. 그러다가 결국 이별을 맞이하게 되면 이상하리만치 금방 새로운 사람이 찾아왔다. 나는 그러면 '사랑은 다른 사랑으로 잊는 거지.'라며 의심 없이 또 다른 마음을 받아들였다. 그러고 나니 어느덧 내게 진심은 가벼운 것이 되어 있었고, 인연은 쉽게 끊어지는 것이었으며, 사랑은 껍질을 깎아놓은 사과처럼 금방 변색

하는 것이었다.

　한참을 소모하고 나니 내 손에 남아있는 것은 얼마 없었다. 모래를 한 움큼 손에 쥐었는데, 분명 그랬는데 다 스르르 흘러내렸다. 겨우 손에 묻어 있는 모래를 만지작거릴 뿐이었다. 이 애꿎은 기억들은 탈탈 털어도 털어지질 않아서 한참을 박박 물로 씻어야 했고 손이 새빨개지면 그제야 나는 울음을 터뜨렸다. 아아, 나는 얼마나 많은 사람들에게 쉽게 상처를 주고 또 쓰라린 상처를 받아왔던가. 내가 받은 상처보다 타인에게 준 상처가 더 크게 느껴져 어느 날엔 한참을 울었다. 나만큼 그대도 아팠을까. 미안하다, 미안해. 하면서.

　사랑의 무게를 직접 잴 수 있다면 얼마나 좋을까. "내가 더 가졌네, 자 여기 네가 5g 더 가져가면 되겠다. 이제 공평하다. 그렇지?" 하며 서로 공평하게 사랑을 나눌 수 있다면 얼마나 좋을까. 그러나, 우리는 눈에 보이고 피부로 느끼는 것보다 실은 직접 느낄 수 없는 것들에서 더 큰 사랑을 발견한다. 그 무수한 사랑을 가슴으로 가늠한다. 더 좋아한 사람이 지는 거라던데. 나는 그 말을 철석같이 믿었다. 사랑 앞에서 결코 지고 싶지 않았던 나는 눈에 보이지 않는 그 사랑을 상대에게 몇 그램씩 덜 주었고, 마음을 절반만 열었다. 그것은 어린 날의 치기였을까, 아니면 다치지 않기 위한 방법이었을까. 이렇게 사랑하고 나니 마음에 다 앓지 못해 미열이 남아버렸다.

마음은 주는 만큼 받을수록 견고해지고 사랑은 하면 할수록 뜨거워진다. 그렇게 쌓은 추억은 더 분명한 색으로 남고. 이것을 깨닫기까지 나는 얼마나 많은 시간을 홀로 불안해하며 의심해왔던가.

사랑한다는 것은 어쩌면 이상의 것을 소모하지 않아도 불안하지 않은 것. 그 안에서 나를 잃기 않는 것. 흰 도화지에 같은 그림을 그리는 것. 눈을 감은 나에게 눈을 뜨라 말하지 않는 것. 대신 눈앞의 풍경을 설명해주는 것. 그런 것이 아닐까.

좋은 남자와 나쁜 남자 구분하기

저의 경험에 의하면(물론 경험이 많지는 않지만요) 좋은 남자와 나쁜 남자는 연애를 시작하기 전까진 구분하기 쉽지 않아요. 나쁜 남자는 자신의 진짜 모습을 숨기고서는 누구보다 다정하게 다가오기 때문이죠. 결국 저도그 찰나의 구애에 사랑이 영원할 거라고 믿었던 것 같아요. 정신을 차리고 이 글을 쓰기 전까지도 말이에요.

저는 몇 명의 나쁜 남자들에게 잊지 못할 상처를 받았습니다. 그 사람들 역시 처음엔 굉장히 좋은 사람처럼 제게 다가왔죠. 저는 그들이 무엇을 하든 믿었고 사

생활을 존중해주었지만, 그 방관은 결국 제게 큰 상처를 남겼어요. 어떻게 좋은 남자와 나쁜 남자를 구분할 수 있을까? 몇 번이나 나쁜 남자를 만나고서야 의문이 들었어요. 제가 그동안 만나온 나쁜 남자들의 데이터를 기반으로 공통점을 추려보았는데요. 함께 읽어 주실래요?

좋은 남자와 나쁜 남자를 구분하는 방법 1
그가 건네는 '선물'에 주목하라

제 경험상 좋은 남자는 마음을 많이 주고, 나쁜 남자는 물질적인 것을 많이 줬어요. 저는 나쁜 남자들에게서 물질적으로 많은 것을 받아봤어요. 기방, 패닝, 무선 이어폰, 컴퓨터 등 연애 초반에는 받기 조금 부담스러운 것들을 말이죠. 그들은 초반에 물질 공세를 많이 했어요. 생각해보니 나쁜 남자는 한껏 줄 마음이 없으니 물질적인 것들로 환심을 사려 했어요. 반대로 좋은 남자는 물질 공세보다 자신의 마음을 선물할 줄 알았어요. 값비싼 선물보다도 마음이 가진 무게가 더 값

진 것을 알더라고요. 예를 들어 마음이 담긴 말 한마디
나, 자신의 마음을 수줍게 고백할 수 있는 예쁜 꽃말을
가진 꽃 한 송이, 아름다운 문장처럼 값을 매길 수 없는
것들 말이죠. 그렇다고 좋은 남자가 값비싼 물건을 사
지 못한다는 것은 아니에요. 그저 좋은 남자가 마음을
선물하는 이유는 바로 당신의 어여쁜 미소를 보고 싶기
때문일 거예요. 저 역시 나쁜 남자에게 받은 비싼 선물
보다, 좋은 남자에게 받은 편지 한 장이 더 좋았으니까
요. 몇 번이나 꺼내 읽어 볼 정도로 말이에요. 그 사람
의 선물이 내 마음에 남을지, 방구석에 남을지 한번 생
각해보세요.

좋은 남자와 나쁜 남자를 구분하는 방법 2
그는 당신에게 일상을 공유하는가?

나쁜 남자는 자신의 일상을 공유하기 꺼립니다. 나
쁜 남자는 밤늦게 '친구를 만나러 나간다.'라고 말할 뿐
그 친구가 여자인지 남자인지, 어떻게 알게 된 사이인
지, 나의 존재를 알고 있는지 등 알려주지 않더라고요.

그렇다고 이것저것 물으면 집착이 되고, 묻지 않자니 바보가 된 기분이 들곤 했어요. 실제로 나쁜 남자는 다른 이성과 단둘이 술을 먹기도 하고 데이트를 하기도 했죠. 그 사실을 알게 되었을 때 이미 저는 많은 배신감이 들었고요. 반대로 좋은 남자는 자신의 일상을 물어보지 않아도 먼저 공유해줬어요. 낮에 무얼 먹었는지, 오늘은 회사에서 무슨 일이 있었는지, 어떤 친구를 만났는데 그 친구와 무슨 대화를 나누었는지 묻지 않아도 말이에요. 또한 자신의 친구와 지인들을 소개해주고 싶어 했어요. 가장 친한 친구라면서 말이에요. 좋은 남자는 자신의 일부분을 언제든 함께하고 싶어 했어요. 곁에 있지 않아도 마치 곁에 있는 것처럼 말이에요. 일상을 공유한다는 건 단순히 자신의 시간 너머 자신의 감정까지도 공유하는 거죠. 그러니 좋은 남자의 하루에는 내가 자연스레 녹아 들어 있다고 느낄 수 있어요.

좋은 남자와 나쁜 남자를 구분하는 방법 3
그는 나를 온전히 인정하고 있는가?

좋은 남자는 나를 모습 그대로 바라봐줘요. 나의 모난 부분과 콤플렉스, 트라우마를 이해하고 그런 모습도 나라는 것을 인정해주죠. 그래서 제게 하는 말과 행동이 항상 다정하고 조심스러워요. 그래서 그들을 만날 때 저 역시 온전히 제 모습 그대로 있을 수 있어요. 그들을 만나면 긴장감보다는 안정감을 더 크게 느낄 수 있죠. 그러나 나쁜 남자는 저의 단점을 바꿀 것을 은근히 요구해요. 키가 작은 제게 하이힐을 신으면 더 예쁠 것 같다고 말하거나, 하체 살을 조금 빼는 게 어떻겠냐고 말하기도 했죠. 자신은 하지도 않으면서 제게는 음악 그만두고 자격증 공부하라며 은근슬쩍 요구하기도 했고요. 얼핏 들으면 저를 위해 하는 말 같지만 실상은 저를 인정하지 않고 자신의 틀에 맞는 이상형으로 바꾸려 하는 것들이었어요. 그래서 나쁜 남자를 만날 때는 저의 본 모습이 아닌 꾸며진 사람이 되는 경우가 많았어요.

좋은 남자와 나쁜 남자를 구분하는 방법 4
그의 미래에 내가 있는가?

나쁜 남자는 나와 미래를 그리지 않습니다. 여기서 미래는 결혼이라든지 그런 장대한 이야기가 아니에요. 단순하게 내년 이맘때에 무얼 할지, 어디를 가볼지 반년 이상의 미래를 계획하지 않으려 하죠. 그들은 제가 하고자 하는 말에 고개만 끄덕일 뿐 본인의 입으로 직접 무엇을 하자고 말하지 않았어요. 그들은 자신이 함부로 한 약속이 거짓이 될까 봐 직접적인 대답을 피한 것이었죠. 반대로 좋은 남자는 계절마다 무엇이 하고 싶은지, 내년 휴가에는 어디가 가고 싶은지 함께 미래를 그리며 대화를 주도할 줄 알아요. 좋은 남자의 미래에는 언제나 제가 함께 있었어요. 지금 이 순간, 그리고 그 후의 시간에도 저와 함께하고 싶은 마음이 언제나 느껴졌죠. 그러니 이별을 생각하지 않아도 될 수밖에요.

좋은 남자와 나쁜 남자를 구분하는 방법 5
그와 어떤 방식으로 다투는가?

나쁜 남자는 미안해할 줄 모르더군요. 잘못한 부분

이 있으면 미안해하기보다는 자신의 상황을 이해시키고자 노력했어요. 충분히 사과 한마디로 끝날 수 있는 문제임에도 말이에요. 결국 저는 '내가 속이 좁았나?'라고 생각하며 그를 이해하지 못한 채 상황을 종결시키곤 했어요. 상처받은 마음을 스스로 무시해 가면서 말이에요. 반대로 좋은 남자는 자신의 잘못을 인정할 줄 알아요. 어떤 경우는 '이렇게까지 미안해하지 않아도 되는데.'라는 마음이 들 만큼 진심으로 사과하기도 하죠. 그들은 사과 후에 자신의 입장을 전달하곤 해요. 그러면 나는 내 감정을 존중받았다는 마음과 함께 서서히 그의 입장을 이해할 수 있게 되죠. 나의 감정보다 상대의 감정을 먼저 생각하게 만들어 주는 사람이 바로 좋은 남자였어요.

좋은 남자와 나쁜 남자를 구분하는 방법 6
그는 스스로를 어떻게 평가하는가?

나쁜 남자는 자신이 나쁘다고 말하지 않아요. 반대로 좋은 남자도 자신이 좋은 사람이라고 말하지 않죠.

다만 좋은 사람은 언제나 자신의 사랑이 모자라는 것 같다고 했어요. 그러나 나쁜 남자는 그렇지 않았어요. 오히려 자신이 좋은 사람이라 말했어요. 어떻게든 자신의 깜깜한 속내를 포장하려고 말이에요. 그렇지만 우리는 사람을 만나기 전 여유를 두고 조금 멀리서 지켜봐야 할 필요가 있어요. 상대의 진심은 시간이 지날수록 그 모습이 더욱 선명해지기 때문이에요.

20대를 생각 없이 연애하고 나서야 건강한 연애라는 건 나와 상대 모두 좋은 사람일 때 만들어지는 것이란 걸 배웠어요. 예를 들어 바나나 우유를 만들 때 우유만 신선하고 바나나가 상하면 안 되듯이 말이에요. 좋은 사람 둘이서 만나 만드는 게 건강한 연애라는 거죠. 그러니 혹시라도 지금 나쁜 남자를 만나고 있다면요, 이제는 나쁜 남자에게서 벗어났으면 좋겠어요. 더 이상 스스로를 나쁜 남자의 늪 안에 아무렇게나 두고 방치하지 않기를 바라요.

좋은 사람의 좋은 인연 되기

좋은 사람의 곁에 좋은 사람이 다가오는 것이 맞지만, 살다 보면 그렇지 않은 경우도 있어요. 저는 아직 자아가 덜 여물었을 때 좋은 사람을 만나게 되었어요. 그때 저는 저도 모르게 긍정적인 에너지를 가진 그에게 열등감을 느껴, 그의 정성과 사랑을 온전히 받아들이지 못하고 회피하기도 했어요. 어떤 날은 일부러 곤란한 질문을 하기도 했고요. '네가 이래도 내 못난 모습을 사랑해줄 수 있어?'라는 못된 심보로 말이에요. 그렇지만 좋은 사람은 그런 나를 밀어내기보다는 내 자아가 단단해지기를 기다려줬어요. 저 역시 그에게 힘이 되는, 좋은 인연이 되어주고 싶었어요. 그렇게 우리는 서로에게 하나뿐인 인연이 되었죠. 그럼, 좋은 사람에게 좋은 인연이 되기 위해 제가 한 노력들을 소개해 볼게요.

그에게 좋은 사람이 되는 방법 1
나의 마음 이해하기

예전의 저는 트라우마를 무기 아닌 무기로 사용하곤 했어요. 정확히는 그것을 이용하여 어떠한 이해를 받으려 했던 것 같던 것 같아요. 예를 들어, 트라우마로 인한 우울이라든가 불안과 같은 어두운 감정 말이에요. 연인 사이는 서로의 아픔을 공유하는 사이가 맞지만 지나칠 경우 상대가 지쳐 떠나갈 수밖에 없어요. 그러니 스스로 자기 마음을 잘 들여다보고 컨트롤할 줄 알아야 해요. 부정적인 감정에 야금야금 잠식되어 그것을 부풀리지 말아야 해요. 나의 감정은 오롯이 나의 것이니까요. 나의 감정을 전부 받아낼 수 있는 사람은 나밖에 없으니까요. 그러니 상대에게 나의 감정을 전부 받아내고 이해해주기를 당연하게 바라는 것은 욕심이에요. 부정적인 감정은 반으로 나누고 기쁜 일은 두 배로 나눌 수 있어야 해요.

그에게 좋은 사람이 되는 방법 2
그의 입장에서 생각해보기

사실 좋은 사람을 만났다면 상대는 이미 당신의 입장에서 당신을 바라보는 연습이 되어 있을 거예요. 우리는 누굴 만나든 상대를 위해 역지사지의 마음을 가져야 하니까요. 어떠한 트러블이 발생했을 때 잘잘못의 주인을 찾는 것은 나중의 일이에요. 나의 언행과 상대의 언행이 서로에게 어떤 마음을 가지게 했는지 입장을 바꿔서 생각해 본다면 아주 쉽게 '아, 그럴 수 있겠다.'라는 이해심이 생기기 마련이죠. 물론 예외의 경우도 있어요. 역지사지의 치트키를 써도 가끔 상대를 이해하기 어려울 때가 있어요. 그럴 땐 가치관이나 성격의 차이에서 오는 경우이니 꼭 대화를 통해 잘 풀어보기를 권하고 싶어요.

그에게 좋은 사람이 되는 방법 3

I=YOU

'누군가를 사랑한다는 것은 자신을 그와 동일시 하는 것이다.'라는 말이 있어요. 상대가 좋은 사람이라면 그 사람은 자신만큼이나, 혹은 그 이상 당신을 아끼고 사랑하고 있을 거예요. 그것은 단순히 가정환경이나 배움에서만 오는 것이 아니라, 사랑이라는 감정으로부터 발현되는 마음이에요. 좋은 사람들은 언행을 함부로 하지 않고, 사랑하는 당신을 위해 부지런히 움직일 줄 알죠. 그들은 먼 거리라도 당신을 보기 위해 달려오고, 당신의 지나친 투정에도 격하게 반응하는 법이 없어요. 자신만큼 당신을 귀한 존재로 여기기에 행복을 주는 방법도 아는 것이죠. 그러니 당신도 그 사람을 당신만큼 귀하게 여길 줄 알아야 해요. 내가 받았을 때 상처 될 수 있을 법한 말이나 행동은 그 사람에도 상처가 될 수 있어요. 그러니 그 사람에게 존중받듯 그 사람을 존중해 주세요. 반대로 내가 행복하다고 느껴지는 표현은 상대에게도 행복으로 다가갈 거예요. 정말 당신이 그에게 좋은 인연이 되어 주고 싶다면 좋은 사람이 되기 위해 충분히 노력할 줄 알아야 해요. 늦어도 조금씩 천천히 올바른 방향을 찾아가는 것이 때로는 더 빠른 길이니까요. 그 길에 좋은 사람이 함께 있다면 나 역시 좋은 사람이 될 수 있을 거예요. 상대에게도, 그리고 나 자신에게도 말이에요.

우리, 헤어질까요? 아니면 기다릴까요?

오래 만난 커플이라면 한 번쯤은 서로에게 권태감을 느낀 적이 있을 겁니다. 물론 없을 수도 있고, 혹은 가볍게 지나갔을 수도 있겠죠. 하지만 어떤 사람들은 크게 범람하는 권태감에 좋았던 감정이나 추억이 모두 씻겨 나가는 슬픈 시간을 가지기도 합니다. 권태기가 위험한 이유가 바로 그것입니다. 그렇게 좋은 감정들은 씻겨 나가버리고 찌꺼기만 남아버린 정 때문에 내가 이 사람과 헤어지는 것이 맞는지, 아니면 이겨낼 수 있는지 알 수가 없기 때문이죠. 그렇다면 권태기가 기다림의 시간인지, 아니면 이별로 향하는 시간인지 알 수 있는 방법은 없을까요?

주변에선 상대방이 밥 먹는 것조차 꼴 보기 싫으면 헤어지라고 말합니다. 그러나 저는 조금 다르게 생각합니다. 상대방이 밥 먹는 것조차 꼴 보기 싫으면 권태기지만, 상대방과 밥조차 먹고 싶지 않다면 이별하고 싶은 마음이라고 말입니다. 밥이라도 같이 먹으려 시간을 내고 함께 메뉴라도 고르면 다행이라고 생각합니다. 적어도 함께 시간을 보내려는 마음이 있으니까요. 정말로 마음이 떠났다면 아마 연인과 밥 먹는 시간조차 아까울 것입니다. 당연히 그 정도라면 미리 소화제를 챙기는 건 필수일 테고요.

또한 연락 문제에서도 다른 반응을 보이게 됩니다. 연락이 늦게 와도 괜찮은 것은 권태기입니다. 그러나 연락이 안 와도 괜찮을 때, 상대의 연락이 반갑지 않을 때라면 이별의 전조증상이라 보는 편이 맞는 것 같습니다. 더 이상 상대방의 연락을 기다리지 않고 핸드폰을 바라보지 않게 되는 것. 한참 늦은 답장 후에도 무슨 얘길 했는지 내가 어떤 답장을 보냈는지조차 기억나지 않을 정도로 상대에게 무심해졌다면 권태기라기보다 이별을 위해 정을 떼는 시간이라고 생각합니다. 울리지 않는 핸드폰을 바라봐도 아무런 감정을 느끼지 못할 때 이별이 눈앞에 다가왔음을 실감하게 됩니다.

또 하나, 내가 아프고 힘들 때 상대방에게 연락해야 할지 고민하게 된다면 그건 권태기일 수 있습니다. 그러나 상대방을 찾을 생각조차 안 한다면 그것은 이별이 다가온 것입니다. 상대방을 찾아도 도움이 되지 않는다고 느낀다거나 상대의 도움이 부담스럽다고 느껴진다면 사실 권태기에 더 가깝다고 생각합니다. 그러나 내가 힘들고 아플 때 가장 가까웠던 연인이 생각나지 않고 가족이나 다른 지인을 먼저 찾는다면 그건 이별과 더 가깝습니다. 더 이상 내 머릿속에 상대방은 가장 편안한 사람이 아닐 테니까요.

조금 더 짧게 정리해보자면 말이죠. 싫다는 감정은 권태기지만, 무관심은 이별의 전조증상입니다. 내가 상대에게 부정적인 감정을 느끼는 것은 긍정적인 감정의 찌꺼기가 남아 있기에 가능한 것이죠. 그러나 이별이 가까워질수록 상대에게 무관심해지고 내 하루에 상대가 점점 지워지고 있다는 것을 느낄 수 있습니다. 24시간을 쪼개어 내가 얼마나 상대방을 생각하고 있는지, 혹은 얼마나 잊고 사는지 생각해보세요. 그렇다면 익숙함에 속았던 사랑이 다시 소중해질지, 아니면 두 사람이 이미 이별의 문 앞에서 어슬렁거리고 있는지 알 수 있을 겁니다. 분명 생각하기 괴로울 수 있습니다. 그렇지만 권태기를 의심하고 있다면 한 번쯤은 반드시 생각해보아야 합니다. 적어도 당신이 익숙함으로 인해 소중한 사람을 잃게 되는 일은 없기를 바랍니다.

메조 피아노

메조 피아노는 '중간 정도로 여리게' 연주하라는 뜻입니다. 너무 강하지도, 너무 약하지도 않게 아주 조금만 힘을 주라는 소리지요. 그동안 제 사랑에서 메조 피아노는 없었습니다. 너무나도 격렬하게 사랑했고 매우 쉽게 믿었으며 금방이라도 영원을 약속할 것처럼 미래를 꿈꾸었습니다. 어쩌면 선을 넘어버렸을지도 모르겠습니다.

제 사랑은 언제나 포르테(세게)였습니다. 잠시나마 강렬하게 들렸을지는 몰라도 결국은 모든 힘을 소진하여 금방 지치기 일쑤였습니다. 온 힘을 다하면 그 사랑이 완성될 것 같았습니다. 저는 그것이 옳다고 느꼈었나 봅니다. 그러나 시끄러운 음악은 관중들에게 사랑받지 못합니다. 오히려 귀를 피곤하게 하죠. 제가 외쳤던 사랑도 어쩌면 상대방이 듣기에 시끄럽고 부담스러운 마음이었을지도 모르겠습니다.

또 한 번 포르테의 사랑이 끝났을 무렵이었습니다. 피아노 앞에서 몇 시간씩 앉아 목이 터져라 노래를 가르칠 적이었습니다. 하루가 끝나고 텅 빈 연습실을 정리하다가 벽에 붙은 '메조 피아노'를 보고 멈칫했습니다. 저는 사랑할 때 '조금 여리게' 연주하는 법이 없었으니까요. 한참을 그 앞에서 쪼그려 앉아 가만히 있었습니다. 우리의 인생은 길다는데 저는 장거리 경주를 왜 그리 빠르고 힘겹게만 달렸는지 모르겠습니다.

사실 '메조 피아노'는 더욱 어렵습니다. 강하지도, 혹은 너무 여리지도 않아야 하니까요. 중도라는 것은 참으로 어려운 법입니다. 사람은 너무 열정적으로 연주하기 시작하면 힘에 부쳐 금방 포기해버립니다. 반대로 너무 여린 연주는 마음의 여유가 없어지기 마련입니다. 그러나 '조금 여리게' 연주하는 법을 알면 긴 프레이즈의 음악도 지치지 않고 연주할 수 있습니다. 우리의 사랑도 마찬가지입니다. 메조 피아노와 같은 사랑을 할 필요가 있습니다. 모자라지도 넘치지도 않는, 소중하게 다루는 그런 사랑 말입니다.

그렇게 중도의 사랑을 할 때 비로소 나 자신을 잃어버리지 않을 것 같습니다. 나만의 페이스로 부드러운 연주를 하다가 어느 순간에는 포르테(세게)로, 어느 순간은 피아니시모(매우 여리게)로, 그렇게 제 사랑은 아주 아름답고 황홀한 음악이 될 것 같습니다. 악장이 끝나도 다시 찾아 듣게 되는 그런 음악 말이죠. 저는 앞으로 '메조 피아노'와 같은 사랑을 하고 싶습니다.

을이 되는 사람들

　잠시 연애를 쉬어야 하는 여자들이 있습니다. 물론, 그중에 저도 하나였지요. 무리하게 연애를 강행한 탓인지 그 끝이 참으로 쓸쓸했던 기억들이 납니다. 저는 연애를 할 때면 을이 되는 경우가 많았습니다. 스스로 을이 되곤 했습니다. 돌아보니 그 당시 저는 연애를 해서는 안 되는 사람이었던 것 같습니다. 그래서 저는 저의 경험을 토대로 연애를 해선 안 되는 여자에 대해 써보려 합니다(이 또한 지극히 저의 개인적인 생각이지만, 도움이 되었으면 합니다).

연애를 해서는 안 되는 여자의 특징 중 하나는 매사 불안한 마음을 갖고 있다는 것입니다. 저는 연애 당시 우울증과 애정결핍, 약간의 공황장애를 앓았습니다. 항상 마음이 불안하니 상대에게 지나칠 정도로 의지했습니다. 작은 일에도 상대가 해결해주기를 바라고, 언제나 사랑을 확인받고 싶어 했습니다. 또 불안한 마음을 상대가 이해해주길 바라고 제 실수에 대해서 자비를 바라기도 했죠. 어느 순간 상대에게 지나친 기대를 하게 되었습니다. 불안한 사람들은 스스로 결핍된 부분을 상대로부터 채우고 싶어 합니다. 그러나 기대감이 커질수록 상대는 부담감을 느끼며 멀어지죠. 내가 부르는 이름은 사랑이요, 상대가 부르는 이름은 집착이라 어느 순간 상대의 모든 행동에 민감하게 반응하고 홀로 외로워집니다. 연애를 하기 위해서는 나의 마음이 고요해야 합니다. 나 자신이 평정심을 유지할 수 있을 때 사랑은 지치지 않고 건강하게, 그리고 오래 지속될 수 있습니다. 마치 넘치지 않고 잔잔하게 흐르는 호수처럼 말입니다.

연애를 해서는 안 되는 사람들의 두 번째 특징은 자

신을 사랑할 줄 모른다는 것입니다. 상대와 동등하게 사랑하기 위해서 그만큼 자신도 사랑할 줄 알아야 합니다. 자신을 사랑하지 않으면 어떠한 연애에서든 항상 타인과 환경, 시선을 의식하며 열등감을 느끼게 됩니다. 저 역시 열등감에 스스로 많이 움츠러들었던 것 같습니다. 나는 키가 작으니까, 나는 날씬하지 않으니까, 나는 저만큼 잘 살지 못하니까. 그 당시 저는 저에게 참 못된 사람이었습니다. 다른 사람의 칭찬을 들어도 비비 꼬아 듣기도 했죠. 자신을 사랑할 줄 모르는 사람은 사랑받는 방법과 사랑하는 방법 또한 알지 못합니다. 관심과 애정을 받기 위해 자존감을 버리게 되고, 사랑하는 방법을 모르니 상대에게 집착하게 됩니다. 나를 사랑하는 마음의 여유를 가져야 남을 사랑할 때 넘치지 않을 수 있습니다. 결국 나를 사랑하는 것이 타인을 사랑하는 올바른 첫 단추입니다.

세 번째는 홀로 있을 줄 모른다는 것입니다. 누구든 연인 이외의 안식처가 있어야 합니다. 쓸쓸하거나 혹은 힘겨운 일들이 생겼을 때, 특히나 그 횟수가 빈번한 상황이 만들어진다면 연인은 나의 슬픔에 영향을 많이 받을 수밖에 없죠. 나에게 슬픈 일은 상대방에게도 슬프고 괴롭습니다. 그렇기 때문에 안 좋은 일을 나누면 물론 위로는 되겠지만 횟수가 빈번할수록 서로 지치는 상황이 만들어집니다. 그러니 연인 말고도 기댈 수 있는 다른 안식처를 만들어보세요. 그게 가족이 되어도 좋고, 친구가 되어도 좋습니다. 아니면 저처럼 홀로 글을 쓰며 정리해도 좋고 슬픈 영화를 보며 펑펑 우는 시간을 만들어도 좋습니다. 무엇이든 홀로 외로움과 슬픔을 이겨낼 수 있는 방법을 찾아보세요.

경제적인 여유를 만들어 놓는 것도 중요합니다. 데이트 비용을 남자가 더 많이 부담하는 이야기는 정말 옛날 말입니다. 상대에게 쓰는 돈을 아까워하지 마세요. 받는 것에만 행복을 느끼기보다, 주는 것에도 행복을 느끼면 행복은 두 배가 되니까요. 또한 연애에서만이 아니라 나를 위한 투자를 위해서라도 경제적인 여유를 조금은 가지는 것이 좋습니다. 적어도 연애를 하면서 생겨나는 지출을 부담으로 느끼지 않을 정도의 여유면 됩니다. 이런 여유마저 없을 때 연애는 내게도, 상대에게도 큰 부담이 될 수밖에 없죠. 특히나 눈에 보이는 것들은 비교하기 더 쉽기 때문입니다.

    건강한 연애를 하기 위해서는 나를 사랑할 줄 알고, 갑과 을이 아닌 나란한 사이가 되어야 합니다. 그러니 마음과 시간에도 언제나 여유가 있어야 하죠. 외로움에 쫓기듯 서둘러 하는 연애는 상대에게 끌려가듯 연애하는 지름길이 됩니다. 진정 나를 위한다면 소모적인 관계를 만들어 스스로를 괴롭히지 마세요. 연애는 나를 행복하게 하는 것 중 하나일 뿐, 나의 전부는 아닙니다. 그러니 연애하는 동안에도 상대방 못지않게 나 자신을 많이 아껴주세요.

기대하지 마세요

우리는 많은 사람들과 관계를 맺으며 살아갑니다. 그게 좋은 관계든, 그렇지 않든 말이죠. 첫 만남부터 좋지 못했던 관계는 사실 좋은 관계로 발전하기 어렵습니다. 보통은 호감을 가지고 시작한 관계일 때 더 좋은 관계로 발전해 나가기 쉽습니다. 어쩌다 한 번쯤 첫눈에 상대에게 빠지는 것처럼 말이죠.

사람을 좋아한다는 것은 골치 아픈 일입니다. 사랑한다는 말은 당신에게 상처받을 준비가 되어 있다는 뜻이라고도 합니다. 우리는 이 사실을 망각하고 사랑에 빠지곤 합니다. 그리고 무방비상태에서 온몸으로 상처를 받아내곤 하죠. 참으로 안타까운 일이 아닐 수 없습니다. 왜 우리는 좋아하는 감정을 갖고도 상처를 받게 되는 것일까요?

그것은 바로 기대감 때문입니다. 그저 막연하게 이 사람은 내가 만난 사람들과는 다를 거란 기대감, 평생 아껴줄 것 같은 그런 기대감. 사실 이러한 기대감은 그 사람이 만들어낸 게 아니라 나 혼자 만들어낸 것입니다. 그의 친절과 다정함은 어쩌면 당연할지 모릅니다. 당신과 함께하고 싶은 마음이 있으니까요.

그러니 이건 정말 일반적인 겁니다. 상대의 호의를 나만의 기대감으로 포장할 것이 아니라는 거죠. 그냥 그 사람의 마음을 오로지 받아들이면 되는 일입니다. 그 친절과 다정함을 있는 그대로 받아들이고 감사해하면 됩니다. 애매모호한 기대감을 가지는 순간, 그 기대는 상대방에게는 부담이 되고, 나에게는 실망감으로 돌아올 수 있습니다.

물론 아무것도 기대하지 말란 뜻은 아닙니다. 상대에게 기대하기보단 '우리'라는 행복한 미래에 기대하라는 말입니다. 정확히는 이것을 '믿음'이라고 부르면 좋겠습니다. 이 사람과 행복할 수 있다는 '믿음' 말입니다. 저 역시도 연애를 하면 항상 상대방에게 기대감을 심어놓곤 했습니다. 그리고 그것이 실현되지 않으면 실망해버리고 상대방 탓을 했었습니다. '눈치도 없이', '어떻게 나에게' 이러한 말들로 상대를 깎아내리곤 했죠. 내 마음에, 욕심에 문제가 있었던 건 모르고 말입니다.

연애라는 건 상대방을 온전히 받아들이는 일이라고 생각합니다. 내 기대에 맞춰 행동해 줄 누군가를 찾는 게 아니라, 당신을 내가 사랑으로 받아들이겠노라 하는 마음 말입니다. 나 역시도 상대방에게 부족하고, 눈치 없고, 센스 없는 사람일 수 있습니다. 우린 완벽한 사람이 아니니까요. 사랑하는 사람에게 지금 얘기해보세요. 당신의 다정함이 참 좋아, 나를 남들보다 더 신경 써주어서 고마워, 부족한 나를 있는 그대로 봐줘서 고마워, 라고요.

당신의 마음은 안녕한가요?

어릴 적 저는 연약한 아이였습니다. 어떤 날은 배가, 또 어떤 날은 머리가 자주 아팠습니다. 사춘기에 접어들면서 개근상을 단 한 번도 받아본 적이 없죠. 대학을 다니고부터는 지금까지 위궤양을 세 번 앓았고, 최근에는 접질린 발목이 쏘아 올린 공으로 척추의 신경까지 문제가 생겨 허리 시술을 했습니다. 그로 인해 무더운 여름이 다가오는데 허리에 꽈악 코르셋을 착용해야 했습니다. 더운 것도 더운 거지만 재즈댄스에 한국무용, 클라이밍까지 재밌어 보이는 건 다 해보던 제가 누워만 있으려니 시들시들 말라 갔습니다. 한 달 전만 해도 제

주도에 가서 참 해맑게 뛰어다녔는데 지금은 이렇게 누워만 있다니! 자꾸만 아프고 다치는 스스로에게 화가 나고 우울했습니다.

아픈 허리를 뉘고 천장을 바라보는데 문득 제가 작은 일에도 크게 상처받았던 것은 자주 아팠기 때문일지도 모른다는 생각이 들었습니다. 몸의 통증으로 마음이 함께 유약해졌던 것이죠. 스스로 건강하지 못하다고 생각했습니다. 자주 아픈 탓에 마음이 두부같이 말랑말랑해졌습니다. 우리는 아프면 자연스레 약을 찾습니다. 그처럼 제 마음이 아플 때면 습관적으로 타인을 찾았습니다. 회사에서 힘든 일이 있을 때는 연인을 찾고, 연인 때문에 속상할 땐 친구를 찾곤 했죠. 그러나 건강한 사람은 쉽게 스트레스를 받지 않습니다. 속상하거나 힘든 일이 있어도 잠시뿐이죠. 제 주변에 건강한 사람들의 이야기를 들어보면, 그들 스스로도 스트레스를 잘 받지 않는 무던한 성격이라고 했습니다. 그렇다고 그들이 결코 과거에 마음 아픈 일이 없었던 것도 아닙니다. 어떤 이의 슬픔은 저의 슬픔보다 더 커서 '도대체 어떻게 이겨낸 걸까.' 하는 경외심마저 들었으니까요. 그들이 슬픔을 어떻게 이겨냈는지 정확히 알 수는 없지만 공통점이 있다면, 바로 건강한 신체였습니다. 비로소 몸이 건강해야 마음도 건강해진다는 말이 정확히 이해되었습니다.

우리의 몸이 건강해야 하는 이유는 단순히 아프지 않기 위해서가 아닐 겁니다. 우리의 마음을 건강하게 만들기 위해서이기도 한 거죠. 타인에게 쉽게 상처받지 않고, 타인에게 쉽게 상처 주지 않는 단단한 마음이 단단한 인연을 만들 수 있습니다. 당신의 마음은 안녕한가요? 부디 당신이 건강했으면 좋겠습니다. 몸도, 마음도, 당신과 맺을 새로운 인연도 말입니다.

MBTI 알파벳, 네 글자의 궁합

얼마 전, 회사에서 MBTI 검사를 했습니다. 요즘은 MBTI 검사를 통해 직원들 개인에게 알맞은 업무를 분담하는 회사가 늘고 있다고 합니다. 한창 MBTI가 유행하던 때 인터넷으로 간이 검사를 한 결과 저는 ESFJ(외향-감각-감정-판단) 유형이 나왔습니다. 그러나 회사에서 전문가님을 통해 알게 된 결과 저는 ESTJ(외향-감각-사고-판단)유형이었죠. 생각지도 못한 결과에 저도 모르게 '으아?' 하는 괴상한 소리가 나왔습니다. 저는 논리적인 사람보다 조금은 감성적인 사람이라고 생각했으니까요. 사람들의 힘든 이야기를 들어줄 때면 금세 눈물부터 나오는 사람이었으니 말입니다.

　검사 결과에 전문가님도 "F가 아니네요? 왜 T가 나왔는지 볼까요?" 하며 빠르게 설명을 시작해주셨습니다. MBTI는 선천적인 부분을 나타내는 것으로 물론 살아가는 환경과 겪은 경험으로 인해 바뀔 수도 있다고 합니다. 그러나 타고난 기질 자체가 크게 달라지지는 않는다고 합니다. 그러니까 저 같은 경우에는 T(사고, 논리형)로 나왔지만 F(감정형)이 크면서 개발된 사람이라고 합니다. 그래프를 보니 T(사고, 논리형)와 J(판단형)는 '약간'으로 나왔습니다. 그러니까 저는 논리와 감정, 그리고 판단과 인식의 그 애매한 가운데에 있는 사람이었습니다. 이야기를 듣다 보니 마치 타로를 보는 것처럼 저도 모르게 빠져 듣게 되었습니다. "이런 사람이죠? 이런 일이 있었죠?"하고 묻는 것도 아닌데 고개를 몇 번이나 끄덕였는지 모르겠습니다. 한참 상담이 이루어졌고 마지막으로 질문이 있냐는 말에 저는 뜬금없이 "어떤 유형의 사람과 잘 맞을까요?"라고 물어보았습니다. 그리고 돌아온 대답은 꽤 놀라웠습니다.

"사실 인터넷 보면 MBTI 궁합이 떠돌아다니잖아요. 근데 완전히 믿으면 절대 안 됩니다. 같은 유형의 사람끼리도 이혼하러 오고, 정반대의 사람끼리도 굉장히 잘 살 수 있어요. 대신 E(외향형)와 I(내향형)는 서로 이해하기 조금 어려울 수는 있어요. 외향적인 사람은 밖에서 에너지를 분출하지만 내향적인 사람은 자기 안에서 에너지를 분출하죠. 예를 들어 외향적인 사람은 부부동반 모임에 가고 싶어 하지만 내향적인 사람은 단둘이 시간을 보내고 싶어 할 수 있다는 거예요. 또 J(판단형)와 P(인식형)도 자주 싸울 수도 있어요. 판단형은 계획이 틀어지는 것에 스트레스를 받고 인식형은 너무 정해진 틀 안에서 지내는 것이 불편하거든요."

그러게요. 그럴 수 있겠네요. 저는 고개를 끄덕였습니다.

"인터넷에서 무료로 하는 MBTI가 완전히 틀린 것이라고 할 수는 없지만 무조건 신뢰하면 안 돼요. 하나의 유형에서도 보다시피 세부 사항이 나뉘거든요. 또한 E라고 해서 무조건 외향적인 사람만은 아니에요.

이로 씨처럼 T와 J가 강하지 않고 유연한 사람도 있듯 말이죠."

한때 인터넷을 떠들썩하게 만들었던 MBTI가 완전히 신뢰하면 안 되는 것이었다니! 인터넷에 나온 MBTI 궁합마저도 확실하지 않다니! 그동안 ESFJ로 살아온 저로선 속은 기분이었습니다. 그러나 속은 좀 시원하더라고요. 인터넷에 떠도는 MBTI 궁합이나 특징에 스스로 강박을 가지지 않아도 되니까요.

그렇습니다. 살아온 환경에 따라서 MBTI는 바뀔 수 있고, 저처럼 T라고 해서 완벽한 T는 아닐 수 있다는 겁니다. 저는 J지만 그 계획이 틀어진다고 크게 스트레스 받는 성격도 아닙니다. 그러니 고작 알파벳, 네 글자로 한 사람을 가 나를 다 판단할 순 없다는 겁니다.

혹시 MBTI 궁합을 너무 믿고 있진 않나요? 알파벳, 네 글자에 마음 쓰고 있지는 않나요? 그러지 마세요. 당신 옆에 있는 그 사람을 16가지 유형 중 하나가 아닌 그 사람 그대로 보아주세요. 편견을 버리고 있는 그대로 상대를 보는 것, 그리고 그제야 제대로 보이는 그 사람의 마음. 그게 그 사람과 당신의 진정한 궁합입니다.

사랑의 콩깍지가 무서운 이유

누구나 사랑을 시작하면 콩깍지가 쓰이곤 합니다. 그 사람의 눈곱도 그냥 떼어주고, 그 사람의 이에 낀 고 춧가루도 귀엽게만 보이고, 그 사람의 코 고는 소리마저도 달달한 노랫소리처럼 느껴집니다. 그러나 사실 콩깍지는 굉장히 무서운 것입니다. 그 사람을 더 멋지고 예뻐 보이게 하기 때문이 아니라 단점을 안 보이게 만들기 때문이죠.

예전에 저는 지난 연인이 운전하는 모습을 보며 이런 생각을 한 적이 있습니다. 누군가 무리하게 앞쪽으로 끼어들었는데 불쑥 그가 창문을 내리고 다른 운전자에게 소리치더군요. 저는 그런 그의 모습을 보고 '이 사람 참 용기 있는 사람이구나.' 하고 생각했습니다. 그 화살이 옆에 앉아 있는 제게 날아오기 전까지는 말이죠. 또 다른 과거의 연인은 운동과 건강에 집착했습니다. 저는 당연히 이 또한 그의 장점이라고 생각했죠. 그런데 훗날, 그 모습으로 인해 저는 아파도 그에게 기댈 수 없었습니다. 병원에 가는 것이 돈낭비하는 것이라며 그는 제가 아픈 걸 이해하지 못했으니까요. 이별 이후에야 이 모든 것들이 콩깍지였다는 사실을 깨달았습니다.

우리는 이렇게 사랑하는 사람의 모든 부분을 이해하고 장점으로 포장하려고 합니다. 이것은 아주 무서운 것입니다. 사람을 객관적으로 볼 수 없게 만드니까요. 결국 우리는 콩깍지가 벗겨질 때쯤 그 사람의 단점을 찾기 시작합니다. 그러나 이미 정이 들 때로 들어버려 그 사람을 떠나기란 쉽지 않습니다.

그렇게 또 실수를 반복하곤 합니다. 단점은 눈에 선명히 보이는데 정이 들어 떠나기엔 두렵고, 곁에 있자니 괴롭기 시작합니다. 결국엔 한참이나 서로에게 모진 말과 행동을 하다가 상처투성이로 이별을 맞이하곤 합니다. 그러니 우리는 사랑의 콩깍지 없이 사랑하는 게 좋을지도 모릅니다. 어쩌면 이 콩깍지는 연애를 객관적으로 생각하기 어렵게 만드는 색안경 같은 거거든요. 사랑을 시작하는 단계에서 더욱 객관적인 판단이 필요함에도 말이죠.

연애의 끝에 행복만 있다면 얼마나 좋겠습니까. 그러나 그 끝은 알지 못합니다. 적어도 내가 좋은 사람을 만나기 위해서는 객관적으로 판단할 수 있도록 색안경은 벗어버려야 합니다. 단점 없는 사람을 만나라는 소리가 아닙니다. 당연히 단점 없는 사람은 없습니다. 다만, 이 사람의 단점을 죽어도 내가 이해할 수 없다면 그 사랑은 시작하더라도 결국 이별할 가능성이 훨씬 크다는 것을 알아야 합니다.

반대로 단점이 있어도 충분히 내가 이해할 수 있다면 좀 더 안전하고 행복한 연애를 시작할 수 있습니다. 나 역시 마찬가지입니다. 나의 단점이 다른 사람에게 이

해받을 수 있고 개선이 가능한 단점들인지 생각해보아야 합니다. 본인 스스로 단점이 많은 사람이라는 생각이 든다면 조금은 고쳐나가는 게 좋겠지요.

사랑은 가슴으로만 하는 게 아닙니다. 우리는 머리로 이해하고 가슴으로 품어야 합니다. 고등학교 국어 선생님께서 항상 하시던 말이 있습니다. '가슴은 뜨겁게, 머리는 차갑게.' 연애에서도 이런 마인드가 필요할지 모릅니다. 건강한 연애를 위해서 말입니다. 이왕 하는 사랑, 조금이라도 더 행복하고 현명하게 사랑하세요. 우리 모두가 좋은 사람이 되어 좋은 사람을 만나고 건강한 연애를 했으면 좋겠습니다.

연애로부터 자유로워지는 그날

   나는 아직도, 아주 가끔 죽은 그 사람 꿈을 꾼다. 때로는 어떤 내용인지 아예 기억이 나지 않을 때도 있고, 어떤 날은 기억이 선명해 지금까지도 몇 장의 장면으로 남아 있기도 했다. 그 꿈을 꾸는 이유는 어쩌면 단순하다. 이제는 어떠한 미련도 남지 않은 한 줌의 기억으로 인한 꿈일 뿐이다. 다만 나는 꿈을 꾸고 나면 아직도 과거로부터 완전히 자유롭지 못한 이유를 찾으려 노력한다.

   지나간 연인들에 대한 미련은 조금도 남아 있지 않

다. 그들에게 어떠한 소식이 들려와도 아마 나는 그러려니 하며 오늘 저녁 메뉴를 고민할 것이다. 딱 그 정도인 것이다. 그럼에도 불구하고 그 사람이 꿈에 찾아올 때면 잠시 마음이 어지럽다. 단순히 지나간 연인을 지워내는 것이 문제가 아닐지 모른다. 어쩌면 우리는 연애로부터 자유로워져야 한다. 지나간 연애와 지금, 그리고 후에 하게 될 연애 모두로부터 말이다. 연애를 하지 말라는 것도 아니고, 연인을 을로 만들라는 소리도 아니다. 그저 어떠한 연애를 하더라도 나 자신을 잃지 않도록 노력해야 한다는 것이다. 인생에서 연애가 나의 전부가 되지 않도록 말이다.

한때 과거의 연애로부터 속박되어있던 내게 엄마가 해준 말 한마디는 나의 연애관을 싹 바꾸는 계기가 되었다.

"그 남자가 너의 인생을 좌지우지할 만큼 큰 존재였니?"

나는 그 말 한마디에 나 자신을 지킬 수 있는 힘이 생겼다. 내 인생에서 가장 큰 존재는 바로 나라는 것을 알았으니까. 그러나 언제나 쉼 없이 연인의 사랑과 관심만으로 살아온 나는 쉽게 연애로부터 해방될 수 없었다. 때로는 좌절했고 불안해했다. 결국 닫힌 마음의 문은 쉽게 열릴 줄을 몰랐다. 그러나 시간이 지나 그 무거운 문이 조금씩 열릴 때쯤 나는 연애라는 관계가 주는 속박에서 조금은 자유로워졌다는 것을 깨달았다.

　모든 연애는 끝이 있음을 인정한 것이다. '어차피 헤어질 거야.'라는 마음이 아니라 '인연이 아니라면 헤어질 수도 있어.'라는 마음. 이별 자체가 잘못이 아니라 끝이 두려워 헤어질 수 없는 내 마음이 잘못이란 걸 깨달았다. 끝을 인정하고 나니 일방적으로 나 혼자 연애를 지키려 전전긍긍하지 않게 되었다. 어차피 순탄하게 흘러가는 연애는 나 혼자 안절부절 무너질까 공들여 탑을 쌓는다고 지켜지는 것이 아니었다. 상대방이 이 연애에 대해 지켜갈 마음이 전혀 없다면, 상대는 언제든 내가 공들여 쌓아 놓은 이 탑을 발길질 한 번으로 무너뜨릴 수 있었다.

또한 다름을 인정하고 바꾸지 않기로 했다. 어릴 적 연애할 때는 상대와 내가 다른 부분에 대해 인정하지 않고 틀렸다며 내가 원하는 방식으로 상대를 바꾸기 위해 노력했다. 그러나 본인 스스로 바꿔야겠다고 느끼지 않는 이상 상대는 내가 원하는 방식에 맞춰 본인을 바꾸지 않을 것이다. 그것을 깨달은 이후론 상대와 나의 다름을 인정하기로 했다. 그러고 나니 쓸모없는 감정 소모가 줄었다.

다름을 인정한다는 건, 서로를 있는 그대로 받아들이는 마음인 것과 동시에 그 마음에 감사할 줄 자세이다. 상대가 다름을 인정하는 나의 호의를 고마워할 줄 모르고 오히려 안하무인 격으로 군다면 그 연애는 좋은 결말을 맞이할 수 없다.

우리는 연애로부터 자유로워져야 한다. 본인 스스로를 지키기 위해서, 한결 성숙한 연애를 위해서, 무엇보다 연애라는 관계 그 자체에 속박되지 않기 위해서. 관계의 선을 벗어나 사람과 사람 사이의 그 관계 자체를 아름답게 사랑하기 위해서 말이다.

꽃을 좋아하면 꽃을 사다 줘야죠

취미로 한국 무용을 배운 지 딱 네 번째 되는 날이었다. 한국 무용 선생님은 이제 막 21살이 되는 대학생이지만 그럼에도 레슨할 때는 부족함 없이 열정을 다 하는 선생님이었다. 나는 가끔 선생님에게 연애 상담을 해주곤 했는데, 선생님은 나의 조언을 들으며 때때로 감탄했다. 최대한 나는 젊은 꼰대가 되지 않기 위해 노력했다. 그러던 어느 날 선생님이 조심스레 입을 열었다.

"사실 제가 200일 정도 사귄 남자친구가 있는데요.

저는 꽃을 되게 좋아하거든요? 근데 오빠가 경상도 사람이라 그런지 꽃집에 가는 게 부끄럽대요. 처음엔 서운했는데 지금은 그냥 그러려니 해요."

"그럼 200일 동안 꽃 한 번도 못 받았어요?"

"네….."

말은 그렇게 했지만 이미 선생님은 그러려니 하지 못하고 있는 듯했다. 정말 그러려니 했다면 이 얘길 굳이 내게 꺼내지 않았을 테니까. 남자친구에게 꽃을 받고 싶어 하는 선생님의 마음이 진하게 느껴져 당장에라도 뛰쳐나가 꽃 한 송이를 사 오고 싶어졌다.

"저는 그렇게 생각해요. 정말 누군가를 사랑한다면 부끄러움을 이겨내야 한다고요. 꽃집에 가는 게 부끄러워도 어떻게든 한 송이는 사다 줄 수 있지 않을까요. 그리고 상대를 포기한다는 건요, 관계가 불안정하다는 걸 인정하는 것 같아요. 더 좋아하는 사람이 덜 좋아하는 사람을 위해 원하는 걸 포기하는 거죠. 내가 원하는 걸 요구하면 혹시 이 관계가 끊어져 버릴까 두려우니까요."

선생님은 약간 슬픈 표정으로 고개를 끄덕였다. 그 말이 맞는 것 같다며, 자기가 지금 남자친구를 더 좋아하는 것 같다고 했다. 200일 넘게 사귀어본 적은 처음이라고 했다. 그러면서 대신 다른 선물은 가끔 해준다는 말을 덧붙였다. 물론 그 선물들이 장미꽃보다 값어치가 없는 선물은 아니었다. 적어도 받았다던 선물들은 꽃다발을 100번은 사다 줄 법한 비싼 것들이었다. 그러나 나는 잠시 머뭇거리다 단호하게 말했다.

"여자친구가 꽃을 좋아하면 꽃을 사다 줘야죠."

연인 관계에서 포기와 배려는 한 끗 차이다. 그 사람의 성격과 가치관을 온전히 이해하고 나서야 내가 한 발 뒤로 물러설 때를 아는 것, 그렇다고 해서 물러설 때 나의 감정이 상하지 않는 것이 배려다. 포기란 그 사람에 대해 온전히 이해할 수 없지만 싸움을 만들고 싶지 않을 때, 내 생각이 고집처럼 느껴져 상대가 떠나갈까봐 두려워 말하기를 포기하는 것이다.

성별을 막론하고 누구나 사랑하는 대상에게는 무엇

이든 주고 싶어 한다. 그것은 시간이 될 수도, 눈에 보이는 선물이 될 수도 있다. 왜 그런 말 있지 않은가. 여자는 남자가 꽃을 주는 행위 그 자체보다 나를 위해 부끄러운 마음을 무릅쓰고 수줍게 꽃집에 들어가는 모습을 상상하며 더 감동을 느낀다고. 맞다. 꽃을 주는 마음도 물론 중요하지만 상대가 부끄러움을 이겨내며 나를 위해 무언가를 해낸다는 것, 그 마음이 더 소중하고 고맙다.

어떠한 선물을 했는지보다 상대가 어떤 마음으로 내게 이 선물을 했을지를 생각해보자. 그러면 어느 순간 나도 상대에게 선물을 건네고 싶어질 것이다. 상대가 행복해하는 그 찰나의 모습을 보기 위해서. 수줍게 상기된 얼굴로 무언가를 고르고 또 고르는 일을 기꺼이 수행하고 싶을 것이라는 말이다.

쿵 쿵

핏기 없는 두 뺨이
결국은 붉게 달아오른다.
아픈 목울대로
침을 꼴깍 삼켜본다.

보드랍던 이불의 촉감마저
피부를 쓰라리게 만든다.

사실은 울고 싶어,
포근한 품에 기대어

아프다며 울고 싶어.

아픈 게 싫다며,

혼자 있는 이 공간에서

그만 정신을 놓고 싶어.

힘없이 가라앉은 눈꺼풀 사이로

누군가의 숨결이 닿는다.

차갑고 큰 두 손이

내 얼굴을 지긋이 감싼다.

비릿한 땀 냄새 사이로

어떤 향기가 코끝에 닿는다.

아, 바다 냄새. 아니, 나무 냄새.

두 눈을 감은 채로

괜한 소리를 해본다.

오지 마, 오지 말았어야지.

쿵 쿵,

다시 심장이 뛰는 소리가 들린다.

Misty

Ella Fitzgerald의 〈Misty〉. 대학교에서 음악 전공을 하면서 이 노래를 처음 알게 되었다. 그때 당시만 해도 나에게 재즈는 어렵고 어울리지 않는 옷을 입은 것처럼 소화하기 힘든 장르였다. 재즈 싱어들의 그 중후한 목소리는 나와 정반대였으니까 말이다. 그러던 어느 날 재즈 실기 시험을 보게 되었는데 내게 주어진 곡이 바로 Ella Fitzgerald의 〈Misty〉라는 곡이었다. 사실 Ella Fitzgerald의 농도 짙은 목소리와 그녀에게 주어진 삶은 내게 인상 깊었지만 노래 가사를 집중해서 듣게 된 것은 그때가 처음이었다. 전형적인 사랑의 노래. 사랑해, 사랑해, 당신을 사랑해. 그때 당시 나는 이 가사를 딱 이 정도로만 생각했다.

'I get misty, just holding your hand
(당신의 손만 잡아도 나는 눈물이 고여요).'

몇 달 전, 공연을 준비하기 위해 노래를 고르던 때였다. 나는 마침 사랑에 빠져 있었고 늦은 새벽, 우연처럼 〈Misty〉가 흘러나왔다. 사랑, 사랑의 노래. 온 마음이 붉은 뺨처럼 달아오르는 노래. 그 마음 위로 미쁜 눈물 한줄기가 타고 흘렀다.

단순히 연애를 하고 있다고 이 노래를 이해할 수 있었던 것이 아니었다. 진심으로 사랑하고 있음을 깨닫는 순간 나는 이 가사의 진정한 의미를 이해할 수 있게 되었다. 당신의 손만 잡아도, 당신이 곁에 있기만 해도, 당신을 사랑한다는 것만으로도 눈물이 차오를 정도로 벅찬 그 감정. 그전까지 나는 사랑이 마냥 행복한 감정인 줄로만 알았다. 그러나 진정으로 상대를 사랑한다는 것은 가끔은 가슴이 쿵 하고 내려앉는 일. 상대와 눈을 맞추기보다 나도 모르게 눈을 피하게 되는 일. 상대의 옅은 미소 끝이 파르르 떨리는 것을 보고 괜히 눈물이 나는 일. 사랑은 그렇게 나의 감정을 소모하게 만드는 일이었다. 상대가 너무나 소중해 손만 잡아도 닳을까 겁이 나는 일이었던 것이다.

사랑을 받아보기만 해서는 안 된다. 세상의 모든 것은 소모함으로써 소중함을 알게 된다. 시간, 돈, 체력, 사랑, 하물며 아끼던 펜의 닳아가는 잉크까지도. 나는 그동안 얼마나 사랑받았고, 또 얼마나 소모해왔는지 생각해 보았다. 어떤 이에게는 받기만 했고, 또 어떤 이에게는 주기만 했다. 대부분 균형이 맞는 경우는 없었다. 사실 눈에 보이지 않으니 균형이란 게 존재할까 싶긴 하지만, 문득 내가 소모하지 못한 사랑에 대하여 미안함을 느꼈다. 그리곤 다시 한번 내게 주어진 사랑의 소중함을 잃지 않기로 했다. 오늘은 그 사랑과 땀이 찰 때까지 손을 잡고 〈Misty〉를 들어야겠다.

낭만실조

고등학교 시절, 클래식 음악을 하던 친구 K와 실용 음악을 하던 나는 그저 '음악' 전공이라는 공통점 하나만으로 빠르게 친해졌다. 세심한 K와 털털한 나. 우리는 생각보다도 더 죽이 잘 맞았다. 어느 누가 봐도 크고 다부진 체형처럼 널따란 마음을 가진 친구 K는 빨리 결혼해 안정감을 찾고 싶어 했다. 다정한 말투와 선한 성격으로 인해 소개팅도 많이 들어왔다. 그러던 K와 어느 순간부터 연락이 잘 닿질 않았다. 어쩌다 연락이 닿아도 그가 많이 지쳐있는 것 같아 메시지의 검은 글씨처럼 내 속도 타들어 갔다.

K는 누구나 아는 대기업에 입사했으나 야근이 잦아 힘들어했다. 새벽은 기본이고, 어떨 때는 다음 날 아침까지도 일을 한다고 했다. 회사 내 사람도 많으니 신경 쓸 것도 한둘이 아닌 듯했다. 취미로 격투기를 배우던 K는 가끔 그 영상을 SNS에 올리곤 했는데 어느 순간 그마저도 올리지 않았다. 일이 바쁘니 운동하러 갈 시간도, 체력도 되지 않았던 것이다. 당연히 K는 연애할 시간도 없어 보였다. 보다 다정한 남편과 세상 좋은 아빠가 될 수 있는 친구라고 생각했는데, 먹고 사는 게 뭔지 그의 낭만이 현실에 다 구겨진 것만 같아 괜스레 마음이 시큰거렸다. 이제는 돈을 모아야만 결혼으로 향하는 티켓을 끊을 수 있는 느낌이 들어 더욱 마음이 편치 않았다.

초혼의 연령이 점점 높아지고 있다. 결혼을 하지 않은 미혼의 남녀에게 그 이유를 물어보니 대부분 경제적인 문제 때문이라고 답변한 통계를 본 적이 있다. 어느 순간 결혼이 '사랑'보다는 '돈'이라는 현실적인 개념으로 자리 잡았다는 생각에 씁쓸한 마음이 들었다. 돈 없이도 결혼할 수 있다지만 냉정하게도 일정 수준의 이상의 돈이 모이지 않으면 결혼을 결심하지 않는 사람들이 늘어가고 있다. 물론 현실적인 문제는 매우 중요하다. 그럼에도 돈이 있어야 사랑을 꿈꿀 수 있는 이 시대는 너무 참혹하게 느껴진다. 낭만은 어디로 갔을까? 가끔은 낭만이라는 게 존재는 할까 싶다.

그러다 문득 20대 중반쯤 엄마에게 내가 어떤 사람과 결혼하면 좋겠느냐고 물어봤던 것이 생각났다. 힘들게 고생하며 살아온 엄마니까 당연히 경제적인 부분이나 직업 같은 '현실적인 조건'을 먼저 이야기할 줄 알았다. 그런데 엄마는 무덤덤하게 대답했다.

"그냥, 너 굶기지만 않을 정도로 벌고, 책임감 있고, 성실하고, 너만 바라봐 주고. 그러면 되지."

"응? 키가 컸으면 좋겠다든가 연봉이 얼마였으면 좋겠다든가 그런 건 없어? 직업 같은 거."

"물론 키 크고 돈 잘 벌면 좋지. 근데 그게 중요한 게 아니야. 키 크고 돈 잘 벌면 뭐 하니? 그리고 요즘 너네 세대는 집 해오기 당연히 힘들잖아. 집값이 얼만데. 그냥 둘이 작은 곳에서 시작해서 돈 모으는 재미로 살다가 애 낳고 넓은 집으로 이사하고. 그러면 되는 거지. 성실하기만 하면 그거 다 돼."

지금 생각해보니 잃어버린 낭만은 엄마에게 있었다. '좋은 사람 있으면 결혼해야지.'라는 엄마의 말은 통장에 찍힌 숫자가 아닌 나의 마음을 든든하게 해줄 수 있는 따뜻한 마음을 뜻했다. 우리가 잃어버린 낭만은 현실에 가려진 것이 아니라 사실 욕심에 덮인 것이 아닐까, 하는 생각을 해본다. 더 많은 돈을 버는 사람, 더 지위가 높은 사람, 더 키가 큰 사람, 더 날씬한 사람. 어쩌면 통장이나 명함 속 몇 줄의 글자가, 보이진 않지만 그보다 더 가치 있는 많은 것들을 가리고 있는지도 모르겠다. 책임감 있고 진실하고 다정한 사람. 우리가 정말 중요하게 바라보아야 하는 것들을 말이다.

적어도 사랑만큼은 낭만이란 글자와 가까이에 있었으면 하는 마음이다.

평생의 단짝을 찾는 일

결혼 적령기의 중심에 딱 들어서니 주변에 결혼하는 지인들이 늘었습니다. 올해만 해도 4명 정도 턱시도와 드레스를 입을 예정이니 말입니다. 이 중에는 연애를 오래 한 사람도 있고, 짧게 연애하고 결혼하는 친구도 있습니다. 또, 몇 번의 연애를 거쳐 정착하는 사람도 있고 독신주의로 살겠다며 연애 한 번 제대로 안 하다가 지금의 연인에게 정착하여 결혼을 결심하는 친구도 있습니다. 문득 이들이 결혼을 결심하게 된 이유가 궁금해졌습니다.

결론부터 쓰자면 연애는 상대의 장점을 사랑해서 시작하는 반면, 결혼은 상대의 단점마저 사랑할 수 있기에 결심하는 것이 아닐까 싶습니다. 그 단점이 과연 사랑의 힘으로 이겨낼 수 있는가 고민해보고 그 고민에 확신이 섰을 때 결혼을 하는 것이라는 말이죠. 대부분 사람들은 상대의 장점에 반해 연애를 시작합니다. 그것은 외적인 부분이 될 수도, 내면적인 요소가 될 수도 있습니다. 그러나 결혼은 연애와 다릅니다. 가장 크게 달라지는 점이라면 아무래도 남에서 가족이라는 이름으로 묶인다는 것이 아닐까 싶습니다. 부모님, 형제와 같이 태어났을 때부터 가족인 관계가 아닌, 피 한 방울 섞이지 않은 타인이 혼인신고 서류 하나로 가족이 되는 거죠. 우리는 이렇게 평생을 모를 수도 있던 타인과 결혼을 통해 피 섞인 가족보다도 더 오래 보고 살게 됩니다. 그러니 어찌 장점만으로 그 사람과 평생을 약속할 수 있겠느냐는 겁니다.

상대의 단점이 나에게 단점이 되지 않는다는 것. 상대의 모난 부분도 내가 포용이 가능하다는 것을 느꼈을 때 결혼이라는 새로운 시작을 다짐하게 되는 것입니다.

실제로 제가 만났던 전 연인 중에서는 본인이 결혼 이야기를 먼저 꺼냈다가 잔병치레가 많은 저의 모습을 보며 결혼 약속을 번복하는 사람도 있었습니다. 저는 딱히 그 사람에게 돌봐달란 말도, 약을 사달라는 부탁도 하지 않았는데 말입니다. 그에 반해 어떤 연인은 조금만 제가 아픈 티가 나도 바로 약국으로 달려가 약을 사오며 빨리 결혼해서 더 가까이서 보살피고 싶다고 이야기했습니다. 그에게 저의 잔병은 미래를 꿈꾸는 데에 있어 어떠한 걸림돌이 되지 않았습니다. 그 친절 덕분에 오히려 저는 더 건강해질 수 있었고요.

세상에 완벽한 사람은 없습니다. 결국 결혼이라는 것, 평생을 함께한다는 것은 상대의 단점을 완벽히 사랑하긴 어렵더라도 포용할 수 있는 마음이 있어야 가능한 것이라고 생각합니다. 그 단점으로 인해 상대방을 떠나지 않을 것이라는 스스로를 향한 믿음이 있어야 가능한 것이 바로 결혼입니다.

다정한 사랑에게

다정한 사랑아,

네가 느리더라도

반드시 행복해진다는 것을 믿었으면 좋겠어.

네가 사랑스러운 사람인 것을

다른 사람들 때문에 의심하지 않았으면 좋겠어.

네가 웃고 우는 것들이

모두 너라는 것을 잊지 말았으면 좋겠어.

힘든 모든 것들은

결국 시간이 흘러 굳은살이 된다는 것을

기억하면 좋겠어.

다정한 사랑.

그러니 네가 이제 우는 일이 없었으면 좋겠어.

여전히 따뜻한 너를

자꾸만 자꾸만 안아주면 좋겠어.

그래서 네가 다정하다는 것을

알았으면 좋겠어.

글을 마치며

저에게 처음 글을 쓰게 된 '시기'를 물으신다면 답하기 어렵습니다. 그러나 글을 쓰게 된 '계기'는 분명합니다. 실은, 책 속 모든 글의 가장 주된 독자는 바로 저였습니다. 한때 사랑했던 사람의 죽음과 몇 번의 배신, 거짓말로 상처받은 마음들. 저는 꽤 오랜 시간 동안 그것들을 차마 치우지도, 버리지도 못해 가만히 두었습니다. 어떤 날은 길을 걷다가 땅이 기울어지는 느낌을 받기도 했고, 또 어떤 날은 마음이 허해 그 어떤 노래도 들을 수 없었습니다. 음식의 짠맛, 쓴맛, 달콤한 맛까지도 제대로 느끼지 못하기도 했습니다. 그러던 어느 날 저는 그 깨지고 날카로운 조각들을 버리지 않고 주워 모으기로 했습니다. 물론 그 과정은 쉽지 않았습니다. 모은 조각들을 다시 붙여 글을 써야 했으니까요. 그러나 저는 어차피 잊을 수 없는 것들이라면 제대로 마주하고 스스로를 달래고 싶었습니다. 몇 번의 헤어짐 끝에 남아 있는 건 오로지 저 하나였으니까요.

이별의 유형은 참으로 다양했지만 결국 아프지 않은 이별은 없었습니다. 그래서 글을 쓰며 스스로를 어루만지고 달래는 과정을 거쳤고 그 결과 제 넘치는 사랑을 다름 아닌 저에게 줄 수 있게 되었습니다. 그리고 이제, 저 자신뿐만 아니라 다른 이들의 두 뺨에 가지런히 손을 대며 말해주고 싶습니다. 괜찮다고요. 당신이 연애를 하지 않는다고 해서 사랑받지 못하는 존재가 되는 것은 아니라고, 이별의 아픔도 지나가는 바람일 뿐이라고. 그러니 기운을 내도 괜찮다고 말입니다.

이 책은 연애를 하지 않기 위한 책이 아닙니다. 비혼주의를 위한 에세이도 아닙니다. 오히려 자기 스스로를 사랑하는 방법을 찾아 건강하고 행복한 연애를 하기 위해 쓰인 연애 장려 글입니다. 그러니 어느 날 좋은 한 때에 좋은 사람이 찾아오거든 밀어내지 마시기를, 상대가 내민 손을 자신 있게 잡을 수 있는 사람이 되기를 바랍니다. 당신의 행복하고 다정한 연애를 응원합니다.

epilogue: 막이 끝난 후, 앙코르

"그 사람 앞에서는 제가 약해질 수 있을 것 같아서요."

그동안 연애를 하며 맑고, 밝아야만 했던 나였다. 그러나 H는 달랐다. 내 표정 하나, 몸짓 하나 놓치는 법이 없었다. 열이라도 오르면 당장 나가 약을 사 왔고, 어느날 길을 걷다 그렁그렁 눈물을 참는 내 눈을 보고는 그자리에서 다 토해낼 때까지 울게 해주는 사람이었다. 내 감정을 나보다 더 빨리 알아차리는 사람. 날이 잔뜩선 나의 마음을 구태여 안아주려고 하는 사람. 그런 모습에 나는 어느 순간 H의 앞에서는 약해져도 괜찮을 거란 생각을 했다. 그리고 반대로 그는 나를 지키기 위해더욱 강해지고 싶다고 했다.

어떤 이는 사랑 앞에서 약해질 수 있음에 감사해하고, 어떤 이는 사랑 앞에서 한없이 강해지는 자신을 보며 감사해한다. 그래, 정말 사랑이 이렇다. 무엇이라 에둘러 설명하기는 쉬워도 그 사랑이 나에게 어떤 사랑이 되는지 전혀 예상할 수 없다. 그러나 한 가지 중요한 것은 적어도 이 사랑으로 인해 상대도 나도 망가지지 않을 거라는 믿음이 있다는 것. 그동안 내가 겪은 것은 성장통이었음을 깨닫게 되는 순간.

H를 만난 후 이제 아픈 성장통은 끝이 났음을 알았다.
이제 그와 함께 인생 마지막 연애, 그 앙코르 무대에 오르기로 했다.

저, 연애 안 하겠습니다

초판 1쇄 인쇄	2023년 11월 10일
초판 1쇄 발행	2023년 11월 24일

지은이	최이로

펴낸이	이장우
책임편집	송세아
편집	안소라
디자인	theambitious factory
제작/관리	김소은 김한다 한주연
인쇄	금비PNP

펴낸곳	도서출판 꿈공장플러스
출판등록	제 406-2017-000160호
주소	서울시 성북구 보국문로 16가길 43-20 꿈공장 1층

이메일	ceo@dreambooks.kr
홈페이지	www.dreambooks.kr
인스타그램	@dreambooks.ceo

전화번호	02-6012-2734
팩스	031-624-4527

* 저자 고유의 '글맛'을 위해 맞춤법 및 표현 등은 저자의 스타일을 따릅니다.

ISBN	979-11-92134-52-9
정가	15,500원